AI시대에 만나는 **훈민정음**

AI 시대에 만나는 훈민정음

- 1판 2쇄 인쇄 : 2022년 01월 23일
- 1판 2쇄 발행 : 2022년 01월 28일

- 지은이   김옥주

- 펴낸이   이호림
- 펴낸곳   인간과자연사
- 출판등록   1997년 11월 20일 제 1-2250호
- 주소   (03385)서울시 은평구 연서로 230-2, (2층 대조동)
- 대표전화   010-7645-4916
- 이메일   hnpub@hanmail.net
- 인쇄   천일 02-2265-6666

- ISBN   978-89-87944-69-2(03810)

AI시대에 만나는 **훈민정음**

인간과자연사

차 례

* 이 글은 오두 김성규 선생님의 허락을 받아 포털 다음 카페
(https://cafe.daum.net/zoomsi) '오두의 한글나라'의 주
장을 소설화한 것이며, 한글 작품과 관련 그래픽 인용 및
오두 선생님의 주요인물 역할도 허락 받았습니다.

* '한글·예술'은 한재준 작가님의 훈민정음의 철학적 이해를
바탕으로 구축한 예술세계를 작가의 허락을 받아 소설화
했습니다.

해돋이 '을'

"오래 기다리셨습니다."

문이 닫히자 엘리베이터가 고래를 위로했다. 급한 일도 없었기에 위로가 필요했던 건 아닌데, 그런 말을 들으니 기분이 꽤 괜찮다. 엘리베이터가 아래 층으로 움직이기 시작했다.

종이비행기[1]

고래가 엘리베이터에서 내려 공동 현관을 지나자 바로 놀이터가 눈에 들어왔다. 초딩까지만 놀이가 필요한가. 고래는 항상 그게 불만이었다. 놀이

---

1) 종이비행기: 「박제된 유년의 꿈」, 김광하

시설이 고래의 체격에 맞지 않아서 그네에만 매달려 있다가 돌아오곤 했다. 그네는 가끔씩 엄마 품에 안긴 아기가 타고 있는 모습을 본 적이 있어서 무게 걱정 없이 매달려 보긴 했다.

곧잘 일어나곤 하던 아쉬움을 달래며 놀이터에 막 발을 들여놓을 때였다. 뒷동 2층 베란다 새시가 열렸다. 미닫이 창문이야 여름이니 열릴 수도 있지만, 방충망까지 열리는 경우를 별로 못 봤기 때문에 저절로 눈이 갔다.

어떤 할아버지가 나타나나 했는데 종이비행기가 고래의 발치에 툭 떨어졌다. 종이비행기는 방향키를 조정해 고래의 발을 추적하기라도 한 것 같았다.

그랬다.

그런 느낌이었다.

종이비행기를 주웠다. 고개를 들어보니 2층 베란다에서 할아버지가 웃음 띤 표정으로 손을 흔들었다. 고래는 빠르게 손을 들어 올렸다가 슬며시 내리고 물끄러미 할아버지를 바라보았다. 선생님에게도 쉽게 하지 않았던 동작을 처음 보는 할아버지에게 할 수는 없었다. 할아버지가 집안으로 발걸음을 옮겼다.

훗날 할아버지와 대화를 하게 되었을 때 왜 하필 고래에게 종이비행기를 날릴 생각을 했느냐고 물었다.

그때 할아버지 대답은 엉뚱했다.

놀이터에 홀로 나타나는 청소년은 드물다는 거다. 그 말을 듣고 얼굴이 화끈 달아올랐다. 혼자 놀 줄 아는 아이는 깊이 생각할 줄도 안다는 게 할아버지의 주장이었다. 할아버지가 주장할 때의 표정이 그럴지도 모른다 정도가 아니라 확신에 차 있어서 기꺼이 받아들였다. 할아버지의 주장은 달아오른 얼굴의 열기가 모두 달아나도록 고래를 달뜨게 했다.

종이비행기를 왼손 손바닥에 올려놓았다. 마치 종이비행기가 외계에서 온 메시지라도 되는 듯 꼼꼼히 살피기 시작했다.

종이비행기 바깥쪽 날개에 주먹시[2]라는 낯선 낱말이 손글씨로 씌어 있는 게 보였다. 고래는 괜스레 주변을 한 번 살핀 후 조심스럽게 종이비행기를 펼쳤다. 틀림없이 깊숙한 곳에 무슨 비밀이 숨겨져 있을 거라는 생각이 들었다. 정성들여서 종이를 접은 흔적인가. 손이 닿으면 벨 것처럼 접힌 부분이 날카롭다. 가슴을 두근거리며 종이를 펼쳤다.

---

[2] 주먹시는 약 5천 편의 주먹시를 창작한 한국줌시협회 회장 김성규에 의해 시작된 것으로, 세계에서 가장 짧은 시를 추구하는 시 형식의 하나다. 주먹시는 하이쿠의 기원이 대한민국이라는 사실을 바탕으로 하이쿠는 물론 선시 등 짧은 시 모두를 포괄하는 시 형식이다. 영어로는 zoomsi(줌시, 주먹시의 준말)로 알려졌고, 전미(全美)하이쿠협회에 소개되었으며, 13명의 줌 시인을 배출했을 뿐 아니라, 김성규 회장의 주먹시 연재강의가 조선닷컴에서 실시되었다.

마지막 접힌 부분을 펼치자 달랑 글자 한 자가 나타났다.

실망스러웠다.

굉장한 비밀을 기대했었다. 마법학교 입학 자격증까지
는 아니더라도 그 비슷한 게 나타나리라 생각했나 보다.

을

생뚱맞게 '을'이라니. 고래는 2층 베란다를 올려다보았
다. 베란다에는 아무도 없었다. 의문은 그대로 남았다.

자전거로 동네나 한 바퀴 돌려던 생각을 접고 공동현관
으로 발길을 돌렸다. 단말기에 스마트폰을 가까이 댔다. 문
이 열렸다. 버튼에 손가락 접촉이 없어도 문을 열 수 있다
는 걸 요즘 새삼스럽게 마음에 들어 하고 있다. 종이비행기
가 손을 콕콕 찌르는 것 같다. 엄청 신경이 쓰였다. '을'이
라니. '을'이라니. 도대체 '을'이 뭔가.

잊으려고 해도 입에 가슴에 밥그릇에 책상에 스마트폰
에, 종일 '을'이 고래를 끈질기게 따라다녔다. 자려고 누우
니 천장에까지 '을'이 나타났다. 스마트폰의 진동음도 거
슬려서 무음으로 돌려놓았다. 이 원망스러운 '을' 때문에
잠도 못 잘 것 같다, 고 생각했는데 언제 잠들었는지 눈을
뜨니 아침이다. 아무도 따지는 사람도 없는데 괜히 계면쩍
다. 어쩐지 2층 할아버지가 종이비행기를 날릴 것 같아 갑

자기 놀이터로 발걸음을 서둘렀다.

없었다.

잠시 기다렸지만 할아버지는 나타나지 않았다.

고개를 축 늘어뜨린 채 집으로 올라왔다. '을'이 뭔데. '을'이 뭐냐고. 악을 쓰다가 주먹시라는 희한한 낱말이 떠올랐다. '을'은 검색어로 적당하지 않아도 주먹시는 검색이 될 것 같다.

노트북을 부팅했다. 포털사이트 검색창에 ㅈㅜㅁ ㅓ ㄱ시를 입력한 뒤 공격적으로 엔터키를 쳤다.

검색 결과 화면에는 의외의 내용이 좌악 깔렸다.

한우 갈비살 어쩌고저쩌고. 이미지도 온통 고기다.

'을'이 고기와 관계가 있다고?

이어서 '갑질 하지 마, 을이 되니 진짜 힘도 못 쓰겠네.' 이런 말들이 줄지어 떠올랐다.

고기와 갑을?

2층 할아버지는 왜 하필 고기와 갑을을 고래에게 날려 보낸 거지. 고래는 하루 종일, 밤새도록 주먹시와 '을'에 사로잡혔다. 그러고 보니 엄마가 용돈을 올려주겠다고 한 것도 아니고, 아빠가 새로 나온 게임을 사 주겠다고 한 것도 아니다. 2층 할아버지가 수수께끼를 푸는 데에 뭔가 대단한 걸 약속한 것도 아닌데 자신이 왜 그렇게 매달려 있는지 이상했다. 도저히 모르겠다고 팽개쳐도 에너지를 재충전

한 것처럼 발딱 일어나 달려드는 '을'과 주먹시.

주먹시는 한우의 부위를 뜻하고, '을'이 사람의 관계를 말한다면. 그렇다면. 밥을 먹다가도 그렇다면. TV를 보다가도 그렇다면. ……그렇다면. ……그렇다면. 그래 바로 그거다.

고래는 고함을 꽥 질렀다. 드디어 비밀의 열쇠를 찾았다.

한우의 부위와 사람의 관계에서 불리한 위치에 있는 사람. 구하기 어려운 귀한 고기 부위라는 먹을 것과 힘없는 사람 사이에는 어떤 일이 일어날까. 문제는 그것이었다.

2층 할아버지가 은근히 매력적으로 보이기 시작했다. 답을 알았으니 내려가서 고함을 질러 답을 던져야겠다는 생각이 들었다. 급히 방을 나서니 엄마가 무슨 일이냐다. 대답할 새가 어딨나. 그러면서도 자신도 모르게 주춤했다. 엄마에게 무슨 말이든 하고 나가야 뒤탈이 없다.

그리고 보니 엄마가 이상하다. 고래가 말도 별로 않고 다른 것에 빠져 있는데 무슨 일이냐고 묻지 않았다. 엄마는 고래가 방을 나섰을 때야 비로소 무슨 일이냐고 물었는데 그리 궁금해 보이지 않았다. 한 마디 더 하긴 했다. 세종대왕에게 혹시 질문이 있느냐다. '을'만큼 생뚱맞다. 세종대왕에게 질문이 있느냐는 엄마의 말은 얼마 전부터 시작된 것 같기도 하다. 엄마가 물을 때 어쩌다가 만 원짜리 지폐가 떠올랐다. 엄마가 만 원짜리를 보여주면서 세종시대 어쩌고 그런 말도 했던 것 같다. 여전히 세종대왕에게 할 질문은 없다.

엄마는 별다른 말없이 펜촉에 잉크를 찍으며 서두르는 고래에게 눈길을 한 번 주었을 뿐이다. 엄마는 틈만 나면, 틈을 내면 책을 읽거나 펜드로잉에 매달렸다.

그런 생각은 고래의 착각이었을지도 모른다.

지금은 착각이든 정확한 판단이든 아무래도 좋았다. 그러다가 고함을 칠 게 아니라, 그 동안 고생한 생각을 하면 고래도 2층 할아버지에게 퀴즈를 내서 땀을 흘리게 해야 공평하지 않을까.

프린트기에서 A4 용지 한 장을 끄집어냈다. A4용지를 세로로 놓고 반을 접었다. 거기까지밖에 생각이 나지 않는다. 종이비행기는 간단한 것 같으면서도 잘 만들어지지 않았다. 아빠가 배를 타지 않는 때인 게 얼마나 다행인지 모른다. 아빠는 뭘 만드는 걸 엄청 좋아한다. 아빠가 종이로 무얼 만드는 걸 본 적은 없지만, 종이라고 아빠가 거절할 리가 없다는 생각이 들었다.

아빠에게 도움을 청하자 아빠는 만선한 선장의 얼굴빛이 되었다. 겨우 종이비행기인데, 대형어선을 만드는 선박회사 공장장인 줄로 착각이라도 하는 게 아닌가 염려스러울 만큼 아빠의 진지 모드가 지나쳤다. 종이비행기를 접을 때 아빠의 '있잖아'가 등장했다. 조금이라도 대칭이 어긋

나면 잘 날지 못한다면서 한 번 접을 때마다 종이가 흐트러지지 않도록 접힌 부분을, 종이에 손바닥을 수직으로 세워 문지르는 것도 모자라 손톱으로 또 문질렀다. 할아버지의 종이비행기 접힌 부분이 왜 칼날같이 날카로웠는지 아빠가 종이 접는 걸 보니 이해가 갔다. 겨우 종이비행기가 아니었다.

'있잖아' 아빠가 설명했다. 종이비행기 날개가 위로 살짝 들릴 때와 바닥과 평행일 때 날아가는 모습이 얼마나 다른지.

"바람길과 물길은 비슷하거든."

이때 왜 아빠의 이 말이 필요했는지 모르겠다. 모든 걸 알아들었다는 듯이 고개를 끄덕이며 고래가 종이비행기를 따라 접었다. 그깟 종이비행기, 아니다, 종이를 이렇게 신중하게 접어보기는 처음이다. 왜 이러고 있는지 정말 모르겠다. 다 접은 종이비행기를 다시 펼쳐서 고래가 받았던 종이비행기의 주먹시 위치에 졸업템이라고 썼다. '을' 자리에 당당하게 정답을 적었다. 그렇다, 틀림없는 정답이다. 오랜 시간을 골똘하게 생각한 끝에 얻은 답이 아니라 순식간에 찾은 것처럼 의기양양하다. 표현이 별로 마음에 들지 않는다. 어려운 문제를 스스로 푼 뒤의 보람, 기쁨. 의기양양보다 그 편이 좀 낫다. 그러면서도 스스로를 칭찬해 가며 이까짓 것쯤이야 문제없지 하는 맘이 들었다.

할아버지 모습이 나타났던 바로 그 자리에 비행기를 날려야겠지. 아빠랑 해변에 가서 물수제비뜨는 실력이면 2층 베란다에 종이비행기 올리기는 진짜 아무것도 아닐 거다. 방충망이 문제이긴 하다. 바람이 살짝이라도 불면 종이비행기에게 영향이 크게 미칠 거라는 점도 고려해야 한다. 혹시 바람에 날려갈 수가 있으니 베란다에 종이비행기를 슬쩍 묶어두었으면 좋겠다는 생각을 한다. 종이비행기가 베란다로 날아가 난간을 휘감았으면 싶었지만, 종이비행기를 접는 것도 만만하지 않았다. 준비가 끝났을 때엔 방충망 때문에 온갖 작전이 쓸모없는 일이 안 되었으면 좋겠다, 싶은 마음이 간절했다.

놀이터 쪽으로 발걸음을 옮겼다. 줄곧 집중한 곳, 뒷동 2층 베란다에는 방충망과 새시가 열려 있다. 고민 끝, 행운 시작이다.

종이비행기를 2층에 착륙시켰다.

그 암호 같은 문제를 거뜬하게 푼 고래의 실력에 할아버지는 깜짝 놀랄 거다.

이튿날이 기다려졌다.

눈을 뜨자마자 발딱 일어났다. 학교에 가는 날은 조금만 더, 조금만 더 하면서 침대에 껌딱지처럼 붙어 있곤 했는데 등교하지 않는 날은 쉽게 침대를 벗어날 수 있는 것도 일어날 때마다 어이없어 했다. 이른 시간인가. 주변이 매우 조용했다.

급히 옷을 걸치고 방을 나섰다. 손에 대접을 들고 있는 엄마와 부딪칠 뻔했다. 대접에는 물이 들어 있었다. 엄마가 주방도 아닌 곳에서 물그릇을 들고 있다니. 엄마는 무슨 잘못된 일을 하다가 들킨 것처럼 허둥거렸다. 엄마가 들고 있던 대접에서 약간의 물이 바닥으로 떨어졌다. 엄마가 아무런 설명 없이 서둘러 대접을 주방에 놓고 와서 거실 바닥의 물을 훔쳤다. 엄마는 고래나라 방 쪽에서 나오는 것 같았다. 그럴 리가 없다. 엄마는 그날 이후로 절대 고래나라 방에 들어가지 않는다.

지금은 그 일을 생각할 때가 아니다.

엄마가 느닷없이 세종대왕에게 하고 싶은 질문이 없느냐고 물을까 봐 부리나케 놀이터로 달렸다.

어쩐지 할아버지의 종이비행기가 있을 것 같았다. 있었다. 놀이터 고객들은 아직 등장하지 않아 놀이기구만 고요와 벗하고 있었다.

종이비행기는 그넷줄의 위쪽으로 살짝 치우쳐 매달려 있었다. 딱 고래의 손 높이다. 할아버지는 참 섬세한 성격을 지녔나 보다. 주먹시 자리에 합격이라는 낱말이 눈에 띄었다. 졸업템이란 말을 이해했다고? 그것보다 관심이 집중된 건 합격! 당연한 일이다. 당연한데 기쁘다.

종이비행기를 가지고 방으로 들어갔다. 천천히 종이비

행기를 펼쳤다. 종이비행기가 A4 사이즈가 되자 고래의 눈에 들어온 것은 '을'만큼이나 엉뚱했다.

깊이 생각하는 자세가 아주 훌륭. 합격!
정답은 아니니 조금 더 생각해 봄이?
을의 제목은 아래 사진.

고래는 마음이 구겨질 대로 구겨져서 물끄러미 해돈이 사진을 바라보았다. 사진에 사람이 보이지 않는 걸로 봐서 해맞이는 아니다. 사진 위의 문장이 한편으로는 낯설고 한편으로는 익숙하다. 문장부호까지 사용한 문장을 교과서도 아닌데 열심히 보고 있다. 교과서가 아니라서 열심인가. ! ? .를 차례로 사용해서 많은 말을 생략할 수도 있구나.

하지만 금방 알게 하지 않고 미로를 헤매게 하는 이 태도는 뭔가. 이 수수께끼 행진을 그만 둬 버릴까 하는 생각이 잠깐 스치고 지나갔다. 그런데 몸 따로 마음 따로다. 노트북으로 인터넷에 접속해서 검색어 주먹시를 입력했다. 데이트 무제한 요금이 아니니 노트북이 없는 바깥활동이 아니면 노트북을 사용하는 게 버릇이 되어 있다. 그것보다 더 강력한 건 책상 앞에 앉아 있는 연습도 할 겸 집에서는 큰 화면을 이용하라는 엄마의 부탁. 말은 부탁인데 명령으로 들렸다. 엄마의 명령보다 힘센 게 이 세상에 또 있을까. 가끔 노트북을 고래 책상에 올려놓는 엄마와 마주쳤다. 엄마에게 노트북을 선물하자고 아빠에게 제안했을 때 하나로 충분한데 낭비할 생각 말라고 했던 엄마 얘기를 하며 아빠가 몸을 움츠리는 시늉을 했었다.

수많은 한우 주먹시 사이에 특별한 주먹시가 눈에 띄었다. 주먹시와 함께 줌시라는 낱말이 있다. 클릭.

시였다. 그것도 아주 짧은 시.

한글 모양으로 물체를 표현한 시?!

물 위엔
물잠자리 네 마리
수수수수!

하늘 위엔
비행기 편대가
융융융융! 3)

'수' 글자는 물잠자리를 닮고 '융' 글자는 비행기를 닮았다는 친절한 설명. 소리글자인 한글이 모양글자, 뜻글자가 되는 순간을 접한 것이다. 고래가 바르게 이해했는지는 알

---

3)「편대비행」, 김성규

수 없지만, 한글이 뜻글자일 수도 있다는 거다, 이건.

주먹시라는 용어를 찾아들어갔을 때 발견한 주먹시다. 이 정도는 되어야 시지, 달랑 글자 하나라니. 고래는 이해가 되지 않는 '을'에 여전히 갸우뚱거렸다.

사진은 틀림없는 해돋이다. 해돋이가 '을'과 무슨 상관이 있다고 야단인가. 새해 첫날 해돋이를 보겠다고 전국이 들끓는다. 고래가 사는 곳은 동해안이다. 해돋이를 보겠다고 밤을 지새우니, 바닷가 펜션을 예약하니, 교통 정체니 법석을 떨지 않아도 수면 위로 떠오르는 해를 보는 것은 고래에게 그리 어려운 일이 아니다. 해돋이를 중얼거리며 검색어를 입력하고 이미지를 클릭하자 갖가지 해돋이 사진이 화면을 가득 채운다. 사진은 사진대로 해돋이는 정말 멋있다.

어떤 사진은 실물보다 더 멋있다는 말이 저절로 나올 만큼 대단했다. 특별한 날이 아닌 날에 해맞이하러 갔을 때마다 먼 수평선을 향해 카메라를 고정시켜 둔 사람들과 마주치곤 했다. 그들 덕분에 이런 멋진 사진을 감상할 수 있을 거다. 해돋이 폴더를 만들어 마음에 드는 사진을 다운로드해서 저장하기 시작했다.

폴더는 금방 해돋이 그림 파일로 가득 찼다. 고래는 해돋이 그림 파일을 버릇처럼 동영상 파일로 만들었다. 화면 크기를 조절해 가면서 해돋이를 감상하고 있을 때 아빠가 들어왔다.

"해돋이네. 멋있다, 고래야."

"아빤 많이 본다며?"

"집에 있으니 좋다. 고래 너랑 해돋이도 보고. 배를 타고 있잖아……."

앗, 아빠의 '있잖아'가 나오면 긴 이야기가 시작될 위험이 있다. 아빠 표정을 보니 이미 늦었다. 아빠는 고래 방에서 이미 배에 올라타 버렸다.

"수평선 위로 막 해가 떠오르는데 있잖아, 그게 절묘하게 고래 입에서 떠오르는 것처럼 보일 때가 있었거든."

아빠는 바다 고래를 무지하게 좋아한다. 바다에서 헤엄치는 고래를 보고 싶어 배를 탔다고 선원이 된 동기를 말하고 다니는 아빠다. 고래가 태어났을 때, 마침 육지에 있었던 아빠가 힘찬이, 샌별이를 고집하는 엄마에게서 양보 받아 지었다는 고래라는 이름. 바다 위에 떠 있을 때 아기가 얼마나 보고 싶겠냐며 엄마에게 호소했더니 먹혀들었단다.

"고래가 있잖아. 입으로 해를 토해내는 느낌 있잖아. 아주 기가 막힌 경험이거든."

고래네 집에서는 엄마가 대장이다. 엄마에게 모든 결정권을 넘긴 아빠가 왜 그렇게 여유로워 보이는지 도통 모를 일이다. 그런 아빠가 고래 이름은 양보하지 않았던 거다. 아빠로부터는 거대한 바다 고래 입에서 거대한 태양을 토해내는 장면이 계속 진행되고 있었다. 아빠의 말에 양념처럼 '있잖아'가 들어갔다. 고래는 귀로는 아빠 얘기를 듣고 눈으로는 해돋이를 보고 있었다.

해돋이 사진에서 기묘한 점이 발견되었다. 해돋이를 감상하다 말고 고래가 벌떡 의자에서 일어났다. 아빠 얘기를 경청하지 않고 벌떡 일어난 고래 때문에 '있잖아' 아빠가 화다닥 배에서 내려 고래방으로 돌아왔다.

"고래야, 아빠가 신기한 얘기 하는데 이러기야!"

아빠의 주의에도 아랑곳없이 고래는 A4용지에다 커다랗게 '을'을 썼다. '을'의 받침 ㄹ은 흘려쓰기를 했다. 형편 없이 못나게 글씨를 쓴다고 엄마에게 잔소리를 듣는 고래가 아무리 반듯하게 써 보려 정성을 들여도 별 수 없기는 하지만, 그래도 ㅇ 아래의 ㄹ은 확실하게 흘려쓰기한 표시가 났다. 화면과 비교될 수 있게 '을'을 모니터 옆에 갖다 댔다. 아빠가 잘 볼 수 있도록 해돋이 사진 크기를 조절했다.

"아빠, 뭐가 보이지 않아?"

아빠는 얼떨떨한 표정으로 화면과 A4 용지의 '을'을 번갈아 보았다. 아빠가 해돋이 사진과 '을'이 무슨 상관이 있느냐고 물었다. 아빠가 무슨 생각을 하는지, 뭘 보고 있는지 짐작이 갔다. 아빠는 고래가 생각한 순서를 밟으며 고래를 뒤따라오고 있을 거다.

"아빠, 주먹시 한 편 소개할게. 제목은 해돋이, 내용은

'을'."

"……?"

"끝."

"설명도 없이? 진짜 끝이야?"

"아빠, 두 눈 크게 떠. 해돋이 사진을 잘 봐, 그러면 '을'이 보여."

주먹시 '을'의 제목은 '해돋이'.

처음부터 제목을 보았으면 조금 더 빨리 문제가 풀렸을까. 얼마나 골똘하게 집중을 했던지 시를 감상한 게 아니라 어려운 문제를 푼 느낌이다.

후련하고 뿌듯했다.

고래는 2층 할아버지가 몹시 보고 싶었다.

날달철○

놀이터 그네 앞에 다다랐을 때부터 할아버지를 불렀다.
마음이 급해진 고래는 마음에 맞춰 잰 발걸음을 내디뎠다.
베란다 앞까지 달려가기도 전에 할아버지가 베란다에 나
타났다.

할아버지에게 자랑스럽게 주먹시 해돋이 감상 소감을
말했다. 할아버지가 정다운 표정으로 빙그레 웃었다. 할아
버지가 웃고 있을 뿐인데 마치 할아버지 손이 고래의 머리
를 쓰다듬는 것 같았다. 참 기분 좋은 느낌이다.

중간고사에서 최고점을 맞았을 때의 기분과는 달랐다.

물론 어떤 과목이든 최고점을 맞는 것은 고래에게 쉬운
일이 아니다. 고래 생애 처음으로 맞은 최고점수. 아득하게

먼 옛일 같긴 하지만, 잊을 수가 없다. 외할머니와 노할매가 지금도 엄마 어렸을 때 일을 되풀이하는 걸로 볼 때 거의 그런 목록이 될 조짐이 보인다.

그건 누가 칭찬해주지 않아도 저절로 생기는 희한한 기분이다. 5학년 2학기 사회 시간이었다. 교과서 표지와 시간표는 사회였지만, 선생님은 자주 한국사라고 했고, 그 과목에서만 성적이 뛰어나서 더욱 주목을 받았던 고래에게는 사회 시간은 이내 한국사 시간으로 굳어졌다.

그렇게도 신명 났던 시간은 6학년 1학기로 끝나는 듯했다. 중학교에 입학하니 다시 역사를 배우게 된다는 희소식이 있었지만, 3학년이 되어야 수업한다고 하는 바람에 온몸의 힘이 다 빠지게 만들어서 희소식의 효력이 떨어져 버렸다. 그랬던 것이 한국사 동아리활동이 고래를 구해주었다. 이런 기분을 말했을 때 노할매가 고래 머리를 쓰다듬으며 말했다.

"미친년 널뛰듯 했구나."

고래는 미친년을 본 적도 없고, 미친년이 아니라 그 누구든 널을 뛰는 건 더더욱 못 보았다. 널을 뛰면 신이 났다, 말았다 하는 것 같아서 얼마나 널뛰기를 해보고 싶었는지 모른다. 하지만 그때뿐 오래지 않아 널뛰기는 잊혔다.

전통놀이 체험을 할 때 길고 두꺼운 판자 위에서 뜀을 뛰는 아주 싱거운 놀이가 있었다. 널뛰기였다. 한때 궁금했던 놀이가 아닌가. 미친년도 달려드는 놀이라는 게 의아했다. '미친년 널뛰듯'이 멋모르고 하는 행동으로 풀이된다는 건 나중에야 알게 되었다. 그런데 고래는 널 위에서 뜀을 뛸 수가 없었다. 매뉴얼이 필요했다. 당장 유튜브를 검색했다. 유튜브를 보니 널을 뛰는 사람은 말 그대로 하늘 높이 날았다. 널뛰기가 갑자기 매력이 넘쳐 보였지만 마음이 앞선다고 몸이 따라주는 건 아님을 체험했다. 널뛰기의 단점은 남모르게 혼자서 연습을 할 수 없다는 거였다. 널뛰기를 물었을 때 노할매가 가장 많이 알고 있었다. 노할매는 널뛰기에 관해 할 얘기가 무척 많았다. 누가 물으면 널뛰기 자체는 잘 대답할 자신이 없는데, 엄마보다는 외할머니가, 외할머니보다 노할매가 할 얘기가 많았던 게 기억난다. 노할매는 아빠가 고래와 널뛰기를 하면 아빠는 고래를 하늘까지 올릴 수도 있을 거라 했었다. 나홀로 연습도 안 되는데다가 널빤지도 없으니 연습할 수가 없었다. 그렇게 널뛰기는 고래의 뇌리에서 사라졌다. 적어도 훗날 다시 얘기를 듣기 전까지는.

널뛰기는 특별한 공적을 자랑할 게 없지만, 역사라면 조금 더 할 얘기가 있다.

아이들이 역사를 어려워들 한다. 어렵긴 할 거다. 역사를 가르쳐 주는 학원 찾기부터 난이도가 높다. 아이들이 역사도 잘했으면 싶은 엄마들이 역사 학습지를 공부하게 했지만, 고래 엄마는 그렇지 않았다. 그런 뜻에서 고래는 엄마가 고맙다. 엄마 덕분에 초등학교 때부터 역사가 재미있었다. 엄마가 역사를 좋아했기 때문에 교과서에 나오는 내용을 놀이처럼 재구성해서 복습 아닌 복습을 했었다. 엄마의 역사 놀이에는 한자가 곧잘 나왔다. 한자를 조금 알면 내용 이해가 조금 더 되었다.

수업 시간에 인력거(人力車)가 나타났을 때 사람이 끄는 수레라는 멋진 대답으로 칭찬을 듣는 바람에 한껏 우쭐해진 고래가 온돌(溫突)이 뭔지 맞추고 싶은 욕심이 앞서서 고기를 구워먹는 따뜻한 돌이라고 풀이했던 건 두고두고 망신을 산 일이 되었다. 온돌은 우리민족이 세계에 자랑할 만한 난방시설이어서 영어 사전에도 실려 있다는데, 정작 고래 또래는 온돌의 역사는커녕 온돌을 구경한 적도 없다. 외할머니는 온돌이 뭐냐는 외손자의 진지한 질문에 컴퓨터를 그렇게 잘하는 외손자가 그런 걸 몰라서 묻는 건 아닐 거라며 화제를 돌려버렸다. 인터넷으로 검색했을 때 구들 고래니 부넘기니 굴뚝개자리니 하는 어려운 용어를 잔뜩 동원한 설명은 머리에 들어오지 않고 오직 온돌 구조에 고래와 이름이 같은 용어가 있다는 것만 기억하고 있는 상황이다. 친구들에게 온돌 얘기를 했더니 역사꾼은 다르다며 온돌을 고래 집안 보물 얘기로 만들기만 했지 뜨거운 반응은 없었다. 하긴 고래도 자신이 없어 더듬거리니 흥미 불러

일으키기는 실패가 예정되어 있었다.

그런 일이 일어났어도 엄마 아들인 고래의 핏줄에는 틀림없이 역사를 좋아하는 유전인자가 들어있을 것 같다. 도서관에 가면 제일 먼저 9로 시작되는 서가 앞으로 가곤 한다.

뭐라고 설명하긴 어려운데 할아버지에게서 칭찬을 받는 듯한 이 느낌이 싫지 않다. 또 느껴보고 싶은 묘한 생각까지 들었다.

"할아버지, 또 문제 내 주세요."

고래는 할아버지에게 도전장을 던졌다. 제목이 없었던 주먹시에 관한 불만은 이미 사라지고 없었다. 할아버지가 놀이터로 내려갈 테니 고래에게 조금만 기다려 달라고 했다. 하긴 고개를 뒤로 젖히고 대화를 하는 게 편하지는 않았다. 할아버지는 고래를 원격 조정하고 있는 것 같았지만 그것조차 기분이 나쁘지 않은 것도 이상한 일이었다. 고작 2층인데 내려오는 시간이 무척 길었다. 할아버지 모습이 모퉁이에 나타나자 고래가 할아버지에게 달려갔다.

"고래라고 했지. 내가 다쳐서 지금은 천천히 걷는 연습을 해야 한다. 보조 맞출 수 있지, 고래?"

"예, 할아버지."

고래가 할아버지 왼쪽 옆에서 보조를 맞추려고 노력을 하다 보니 할아버지 팔을 스치는 일이 잦았다. 할아버지 손목에는 시계가 있었다. 고래는 그때까지 시계를 손목에 찬 사람을 만난 적이 없었다. 스마트폰을 손목에 찬 사람은 가끔 보았기 때문에 할아버지도 스마트워치를 사용하나 보다 했었다. 스마트워치가 아니고 순수한 손목시계라는 걸 확인했을 땐 할아버지 취향이 레트로인 줄로 생각했다. 영어 단어에 손목시계가 있어서 문화가 다른 나라여서 그런 줄 알았다. 그런데 할아버지가 손목시계를 사용하고 있다.

"고래는 생년월일이 언제라고?"

할아버지가 오늘은 제대로 고래 신상을 털기로 작정했나 보다. 학교의 무슨 서류를 쓸 때나 필요한 생년월일을 묻고 있다. 문제를 내기 전 할아버지의 작전인 모양이다.

"생년월일은 한자어잖아. 순 우리말로는 어떻게 말할까?"

이게 문제였다. 격식을 차려 말할 때면 우리말도 한자어도 고래에게는 구분이 잘 가지 않는 일이 발생하곤 한다. 차라리 영어로 말하라면 더 잘할 것 같다. 우리말과 한자어라. 하늘은 우리말이고, 천은 한자어다. 생년월일은 자주 들어서 무슨 뜻인지 알고 있다. 태어난 때를 말하는 거다. 할아버지와 나란히 걸으며 대화를 하면서 이럭저럭 태어난 해, 태어나 달, 태어난 날을 말할 수 있었다. 해돋이 '을'보다 조금 쉬웠다. 원래 레벨이 높아지면 좀 더 미션 수행이 어려워지는데, 할아버지 문제는 거꾸로다. 싱거웠다.

"고래, 영어가 한자어보다 익숙하지?"

"익숙한 건 아니고요. 한자어를 잘 모르니까 영어가 조금 쉬운 거 같은 생각은 들어요.”

영어로 말하는 게 더 나을 거라는 생각을 조금 수정해 겸손하게 말했다.

“생년월일. 큰 단위부터 작은 단위로. 그런데 영어식으로 주소를 말하면 동네에서 나라로, 작은 단위에서 큰 단위로 말하지. 생년월일을 우리말로 할 때도 작은 단위부터 큰 단위로 말해 보자. 그게 자연스럽지 않겠니.”

할아버지는 영어를 예로 들었다. 할아버지가 중학생인 고래보다 영어에 더 익숙해 보이는 건 무슨 일이라지. 영어식으로 날이 처음에 나왔다.

달 월은 어디에서 들었건 상관없이 쉬웠다. 날 다음은 달이다.

그 다음은 해다.

날달해. 연월일, 끝.

그런데 할아버지가 날달 다음은 철이라고 했다. 왜 철이 되어야 하고 철 다음에 한 글자가 더 있는데 그건 생각해 보라는 게 할아버지의 문제였다. 한자어로 말하면 세월이라는 말과 비슷하다는 게 도움말이었다.

할아버지와 산책하는 길에 할아버지네 집 베란다 새시와 방충망이 열려 있었던 이유를 알게 되었다. 할아버지는 고래의 입장에서 생각해 보았다고 했다. 할아버지가 고래에게 종이비행기를 날렸으니 고래도 종이비행기를 날려서 답을 하고 싶을 거라고 생각했다나. 그래서 문이 열려 있었다. 어쩌다 생긴 고래의 행운이 아니고 할아버지의 치밀한 역지사지(易地思之) 정신에서 비롯된 결과였던 셈이다. 역지사지, 흐흐흐.

할아버지와 헤어지자 부리나케 스마트폰에 매달렸다. 할아버지와 대화를 하면서 스마트폰을 들여다보는 것은 할아버지가 느낄 소외감을 생각해서 자제했다. 으으, 역지사지.

조금 까다롭기는 했지만 확실히 해돋이와는 비교가 되지 않게 쉽다. 레벨 업이 아니라 레벨 다운이다. 포털 사이트에서 ㅊ·ㅣㄹ을 찾으니 어학사전, 백과사전, 나무위키…… 하면서 줄줄이 검색 결과가 이어졌다.

철은 당연히 쇠가 아니고 봄철, 여름철, 가을철, 겨울철의 철이다. 날달철. 하루 다음 한 달이 이어졌고, 그 다음은 세 달이 나온다. 세 달은 계절이다. 계절 다음이니 일년이 나오면 될 것 같다. 여기서부터 막혔다. 할아버지가 해는 아니라고 못을 박았다. 떠오르는 낱말은 해밖에 없는데 그건 절대 아니라고 했다. 은근히 까다롭다. 레벨 다운, 취소다.

좀 비겁한 방법이긴 했지만, 고래의 엄마, 아빠니까, 고래보다 우리말을 더 잘 알 거다. 엄마, 아빠 찬스를 써야겠다. 저녁을 먹고 나서 진지하게 엄마, 아빠를 불렀다. 평소에 별로 하지 않던 일이라 엄마, 아빠가 긴장했다. 엄마를 부른 뒤 잔뜩 뜸만 들이다가 말을 끊고, 아빠를 부른 뒤에도 같은 행동을 했다. 엄마, 아빠가 궁금하고 답답해서 어쩔 줄 몰라 했다.

"엄마, 아빠, 생년월일을 우리말로 하면 뭐라고 해?"

어리둥절한 표정을 지으며 서로를 바라보던 엄마, 아빠가 거의 동시에 말했다. 장난치지 말라고. 그 말에 고래가 별로 반응이 없자 장난이 아닌 모양이네 하며 목소리를 낮추었지만 그 다음에는 침묵이 이어졌다. 고래가 날달철 얘기를 했다. 엄마, 아빠로부터 도움을 받으려고 끄집어낸 얘긴데 오히려 엄마, 아빠가 그렇겠네, 재미있네, 어머, 진짜네…… 하면서 고래 입만 바라보았다.

"철 다음 우리말은 뭘까, 엄마?"

아빠보다 엄마가 나을 듯했다. 독서는 아빠와 어울리지 않는 단어다. 책을 많이 읽은 엄마니까 믿어보고 싶다.

엄마는 독서야말로 돈 크게 안 들이고 고급지게 여가를 보내는 방법이라며 도서관 출입을 고래보다 더 자주 한다. 엄마의 고급진 여가 보내기 방법은 독서와 펜화 그리기다. 크게 돈 안 들이는 건 확실하다. 엄마가 펜화를 그릴 땐 걱정거리가 있을 때가 종종 있어서 그림을 그리는 엄마는 고래를 불안하게 만들곤 했다. 그렇지만 무슨 일이 있느냐고 물은 적은 없다. 엄마의 대답에 고래가 감당하지 못할 일이 생길까 그게 더 두려웠다. 엄마의 여가 보내는 자세는 가끔

경건해 보일 때가 있다. 개성이 강한 엄마의 여가 보내기다.

엄마의 여가 보내기 도서관 출입에 가끔 고래가 동참을 한다. 엄마가 줄기차게 그리는 고래 펜화를 보며 이런저런 감탄사를 날리는 것도 고래가 엄마 여가 보내기에 동참하는 방식이다. 엄마의 펜화 고래는 집안 여기저기를 장식하고 있다.

동네 작은도서관의 사서 선생님은 거의 엄마 친구나 다름이 없다. 어쩌다 도서관에 가면 사서 선생님이 아빠가 배를 타는 중인지 집에 있는지도 다 알고 있다. 종종 학교도서관 출입을 한다고 친구들이 놀려댔다. 거대한 아날로그 세계 중심인 도서관을 친구들은 달리 불렀다.

야, 너 또 뉴트로 가냐?

친구들은 발품을 팔지 않는 e북이나 스마트폰으로 읽기를 더 좋아했다. 스마트폰으로 무료 책을 읽을 수 있는 앱은 많았다. 막상 읽어 보면, 공짜는 공짜라는 묘한 생각이 들곤 했다. 일부러 핵심은 숨겨놓은 듯한 그런 생각. 엄마가 굳이 도서관 책을 대출하는 심리를 알 것 같은 그런 생각.

아, 맞다. 엄마, 아빠에게 결정적인 힌트를 전해야 한다. 받침으로 모두 ㄹ이 들어가야 한다는 것. 날달철해라는 말을 뒤로 하면서 더 생각해 보라고 도사님이 말했을 때는 불만스럽기만 하더니, 막상 글자로 써놓고 보니 해보다 다른 말이 절실하게 필요해진다.

한참 잠잠하던 엄마가 고래방에 들어와서 미소를 지으며 말했다.

해.

해는 받침이 ㄹ이 아니라고 했더니 엄마가 아차 하는 표정을 지었다.

날달철○는 고래네 가족 전체의 퀴즈가 되어 버렸다. 한밤중에 빅 뉴스를 외치는 아빠 목소리가 모두를 거실에 모이게 했다. 고래가 거실로 나가자 100프로 참석을 외친 아빠가 한껏 어깨에 힘을 주고는 간단하게 답을 말했다.

날달철설.

설이라고.

"왜?"

고래와 엄마가 동시에 물었다. 아빠는 그 물음에는 대답도 않고 어떻게 해서 답을 찾았는지 설명하기 시작했다.

날달철설[4]

"내가 있잖아."

있잖아 아빠니 설명이 길어지겠다.

그런데 아빠가 설을 찾은 과정만 말하고, 왜 설인지는 설명하지 못했다. 있잖아 아빠가 길게 설명하면 요약을 해야 내용이 분명해졌다. 아빠 말을 요약하면 아빠는 포털사이

---

4) 「날달철설」, 김성규

트에서 날달철만 입력했는데 우연히 날달철설을 사용한 글이 하나 검색되었을 뿐이었다. 그런 것을 아빠는 마치 말한 마디 했을 뿐인데 만선(滿船)이 된 것처럼 무게를 잡았다. 거실로 달려 나간 결과는 허무하지는 않았다. 날달철설이라고 하지 않나. 그런데 의문은 그때부터 다시 시작되었다. 왜 설인가. 설. 설날?

검색 본능을 모른 척하는 건 쉽지 않았다.

날달철설. 웹문서가 나타났다. 쉬워도 너무 쉬웠다. 문서에 날달철설이 볼드체로 들어있었다. 클릭했을 때는 실망했다. 아빠 말처럼 설명은 없었다.

그런데 날달철설을 사용한 웹문서의 주인공 이름이 낯이 익다. 어디서 보았나. 왜 설인지는 짐작도 못하고 엉뚱한 고민에 빠졌다. 웹서핑을 하면 툭하면 이런 일이 생겨서 두어 시간이 금방 흘러가곤 했다. 아무리 웹서핑을 해도 의문이 풀리지 않았다. 이런 일도 흔하게 일어났다.

노트북을 닫았다. 스마트폰도 고래도 취침 모드로 설정되었다. 요즘 고래에게 일어나고 있는 건 흔히 있는 일이 아니었다. 어두운 천장을 뚫어져라 바라보았다. 눈이 어둠에 익숙해지자 밋밋한 천장이 보였다. 중학생이 되어서 바라보는 천장은 확실히 어렸을 때보다 낮아졌다. 어렸을 적 고래는 다른 사물의 크기를 알아볼 일이 생기면 가까이 가서 옆에 슬며시 눕곤 했다고 엄마가 재밌어 했다. 이즈음

침대 길이를 몸으로 가늠하는 버릇이 생겼다. 그럴 일은 절대 일어나지 않겠지만 키가 너무 커서 침대 밖으로 나간 발이 잘리는 게 아닐까 하는 야릇한 생각도 했다.

눈에 익은 천장에 종이비행기가 날아다녔다.

고래에게 연속적으로 일어나는 이상한 일의 시작은 종이비행기다. 종이비행기에 주먹시라는 낱말이 있었다. 고래는 머리맡을 더듬어 스마트폰을 깨웠다. 어두운 곳의 스마트폰 장시간 사용 후유증 경고는 무시했다.

확인하고 싶었다.

스마트폰이 이렇게 느린 줄 몰랐다. 세상 사람들이 모두 잠도 안자고 스마트폰과 컴퓨터를 동시에 접속하나 보다. 어떤 라디오 프로그램이 잠 못 드는 그대에게라고 했다는데 잠을 못 드는 게 아니고 잠 들 수가 없다. 어느 영화 제목처럼 시애틀에서만 잠을 이루지 못하는 게 아니고 고래의 방에서도 잠을 이루지 못하고 있다. 이런 얘기들은 모두 엄마표다. 그러고 보니 고래는 엄마랑 소통을 잘하고 있는 편이다. 친구들에게 이런 얘기를 하면 금방 뉴트로로 몰린다. 친구들이 고래에게 뉴트로라 부를 때는 보통은 긍정적인 표현이다. 고래가 도서관에 갈 때도 친구들의 표정은 응원이었다. 엄마, 아빠와 얘기를 하다 보면 어느 새 아날로그 세계에 있을 때가 많다. 이건 친구들이 이해를 해 준다. 원양어선을 타는 아빠가 집을 떠나 있을 때가 많아서 아빠와 함께하는 시간에 집중해야 함을 알아준다.

　잠시 동안 수만 가지 생각을 하고 있다.

　인터넷 아이콘을 터치했다. 주먹시와 날달철설의 웹문서는 같은 사람의 것이었다.

　2층 할아버지가 미치도록 보고 싶어졌다.

ㅏ ㅓ ㅓ

이튿날 고래는 일어나자마자 놀이터를 지나 뒷동 앞까
지 곧장 달려가 2층을 향해 고함을 쳤다. 뒤척이다 늦은 시
각에 잠이 들었다는 생각이 들었다. 꼭두새벽에 일어나리
라 다짐했는데, 이미 둥근 해는 높이 떠 버렸다. 방학이 새
삼스럽게 좋다.

"날달철설."

"……."

"날달철설요."

"……."

"할아버지, 날달철설이잖아요."

"……."

날달철해가 아니라 네 글자 모두가 ㄹ 받침을 완벽하게 가진 날달철설이다. 앞 두 글자는 ㅏ 모음이고 뒤 두 글자는 ㅓ 모음이다.

노인들은 새벽잠이 없다는데, 이미 새벽이 지나서인지 할아버지는 전혀 반응이 없었다. 고래는 날달철설을 빼고 할아버지를 불렀다. 할아버지라고 부르다가, 2층 할아버지라고 부르기 시작했다. 목이 쉬도록 불렀을 때, 2층 베란다에는 할아버지가 아니라 할머니가 나타났다.

"고래야, 할아버지 찾니?"

할머니와 마주친 일도 없는 것 같은데 고래를 알고 있다. 자신이 생겼다. 할아버지와 대화를 하고 싶다고 말했다.

"우리 오빠가 총명하다고 하더니 그래 보이는구먼. 할아버지는 댁으로 가셨다. 이젠 집에서 몸조리를 해도 괜찮겠다고 하셨거든."

고래는 고개를 늘어뜨리고 돌아섰다. 할아버지가 그렇게 야속할 수가 없었다. 이렇게 갑자기 떠나버리면 안 되는 거였다.

"고래야, 종이비행기……."

할머니 목소리가 채 끝나기도 전에 고래의 눈에 종이비행기가 들어왔다. 종이비행기로 달려가자 할머니의 웃음소리가 들려왔다. 종이비행기는 한쪽 구석에 놓여 있었다. 비가 오거나 바람이 불어도 크게 영향을 받지 않도록 해 두었다. 역시 할아버지의 치밀함은 알아줘야 한다. 처음 고래 발치로 날아들었던 종이비행기가 떠올랐다. 며칠밖에 지나지 않았는데 아득한 옛일 같다. 선사시대만큼이나 오래 전.

종이비행기에 '을'이 적혀 있어 무슨 뜻인지 몰라 고전했었다. 할아버지는 합격이지만 정답은 아니라고 판정했다. 이제 그 일을 떠올려보니 그 시간이 그리워진다.

그때 처음으로 의기양양하게 쓴 고래의 답은 역지사지였다. 귀한 한우의 특별한 부위와 인간관계에서의 약자.

귀한 고기를 볼 때 그걸 구경도 하지 못하는 사람을 생각하라.

그때 주먹시와 '을'을 보면서 궁리한 끝에 이런 결론을 얻었다. 주먹시가 짧은 형식의 시이기 때문에 문장으로 나타내니 너무 길어서 생각한 것이 4자성어였다. 처지를 바꿔 상대방의 입장에서 생각해 보자는 뜻을 지닌 역지사지(易地思之). 갖은 상상력과 추리력을 동원하고, 언어 실력까지 발휘하여 적은 답이다. 그때는 완벽하다고 생각했는데, 이제 와서 보니 참 용감하기도 했다. 정답이 아닐지도 모른다는 생각은 눈곱만큼도 하지 않았다. 의심, 그런 것과도 거리가 멀었다. 해돋이 이미지를 한글 글자 하나로 표현한 시였던 것을 엉뚱하게 해석했다. 할아버지는 잘했다고 칭찬했고.

무얼 조금 알면 더 혼란스럽다는 말이 이제 조금 이해가 된다. 무얼 알아야 질문할 수 있다는 말에도 세차게 고개를 끄덕일 수 있다. 4자성어만 해도 사자성어의 사가 4일 줄은 꿈에도 몰랐다. 한자성어 중에서 네 글자로 된 것이 사자성어라나. 한자성어 중에서 네 글자로 된 것이 많아서 사자성어가 한자성어를 대표하는 것이라고. 그래서 확인해보니 두 글자, 세 글자, 다섯 글자, 여덟 글자. 무척 다양했다. 그렇게 다양한 한자성어를 사자성어라 하는구나. 그 사실을 알고부터 고래는 절대로 사자성어라고 쓰지 않는다. 마치 사자성어라고 쓰면 고래가 사는 세상 밖에서 툭 떨어진 어떤 지식을 그냥 주워든 기분이 들면서 조금 찜찜했다. 횡단보도나 일기예보는 사자성어가 아니라는 둥 맞다는 둥 4자성어 때문에 짝꿍과 말다툼까지 했다.

고래는 이런 감정이 무척 낯설었다. 조금 아는 것이 즐거움이 아니라 괴로움이라니.

엄마가 말한 적이 있다. 어느 글에서 읽었는데 엄마 마음에 들었나 보다. 사랑이라는 것이 그 사랑 때문에 오히려 마음이 아파질 수도 있는 감정이라고 했다. 엄마는 사랑이라는 말을 무척 좋아해서 온갖 버전으로 풀이하곤 한다.

고래가 초등학교 1학년 때였을 거다. 엄마가 어느 방송극 드라마를 보면서 자주 울었다. 하긴 엄마는 노래를 들으면서도 울었다. 가수가 있는 힘껏 자신의 솜씨를 발휘하는데 왜 우는지 모르겠다. 고래는 그 가수의 흠이라면 엄마를 울린다는 거였는데, 그 이유로 그 가수를 좋아하지 않는다. 마찬가지 이유로 고래는 그 드라마가 싫었다. 나중에 엄마가 그 드라마 얘기를 자주 했다. 다시보기까지 했다.

괴로움이나 슬픔을 이겨낼 힘을 줘야 그게 바로 사랑이지.

그게 무슨 말인데, 엄마?

드라마에 나오는 내용이야. 사랑은 그런 거라고.

이런 식이었다. 엄마를 울려서 그 드라마가 싫었는데, 엄마는 오래오래 그 드라마를 곱씹었다. 중학교 2학년이 되어서야 엄마의 그때 기분을 조금 알 것도 같다. 어른이 된다는 것은 이런 것일지도 모르겠다. 행간을 읽어보라고 할 때 아무것도 없는 행간에서 엄청난 뜻을 찾아내는 것. 그런 의미에서 어른이라면 엄지척이다. 고래 또래들에겐 금지된 행동을 뻔뻔스럽게 하면서 어른이니까 괜찮다고 할 때의 어른과 다른 어른이다.

하지만 고래는 아직도 행간 읽기를 할 생각이 별로 없다. 행간을 읽는다는 것은 가끔 억지를 그럴듯하게 포장하는 기술이 아닌가 하는 생각도 들었다. 지금까지 행간 읽기는 별로 필요하지 않았다.

종이비행기를 왼손 손바닥 위에 다시 올려보았다. 주먹 시가 적혀 있던 부분에는 아무것도 적혀 있지 않았다. 종이비행기를 천천히 펼쳤다. 전화번호가 적혀 있었다. 비행기를 타기 전에 보안검색대를 통과하면서 금속탐지기로 몸을 수색하는 것처럼 스스로 몸을 더듬거렸다. 스마트폰이 잡히지 않는다. 거의 분신 수준인데, 없다. 불안하다. 중대한 일을 놓치고 있는 건 아닌가.

빛의 속도로 집으로 돌아왔다. 스마트폰은 아직도 침대 머리맡에서 곤히 잠들어 있다. 잠시 잊고 지낸 것을 사과하는 맘으로 스마트폰을 집어 들었다. 잠시였다고 생각되는데 친구들이 보낸 문자가 택배물건처럼 쌓여 있었다. 요즘 친구들과 대면하지도 못하고 있다. 대면하는 것만큼, 어쩌면 대면사회보다 더 편하게 비대면 사회에 살아왔어도 강제로 못 만나게 되니 얼굴 맞대고 살았던 때로 돌아가고 싶다는 말이 절로 나온다. 문자가 와 있는 걸 보면 고래의 존재감은 여전하다. 게임을 할 때 편먹으려고 고래를 찾았을지라도. 문자에 답했다.

이 형님이 요즘 좀 바쁘다

휴대폰을 무음에서 진동음으로 바꾸어 놓았다.
마음이 급했다. 할아버지에게 전화를 걸었다.

곧 연락드리겠습니다

이내 스마트폰으로 문자가 날아왔다. 할아버지가 전화

를 받을 수 없는 상황이다. 답답하다. 고래는 마냥 할아버지 전화를 기다릴 수가 없어 문자를 전송했다.

할아버지 날달철설이에요

할아버지는 문자를 확인하지도 않았다. 슬며시 화가 났다. 고래를 이렇게 무시해도 되냐 말이다. 도대체 역지사지를 모르는 할아버지다. 할아버지와 특별히 한 약속은 없었다. 그럼에도 고래는 아무 일도 할 수가 없었다. 게임을 하자 해도 시들했다. 오직 날달철설만 생각이 났다. 이런 마법이 있나. 고래는 어쩔 줄 몰랐다. 방에 들어갔다가 거실에 나와 앉았다가. TV를 켜서 채널을 마구 돌렸다가 껐다가. 냉장고 문을 열었다가, 냉동실 문을 열었다가.

우당탕거리며 방으로 들어갔다 나오는 길에 아빠와 마주쳤다. 아빠는 재바른 동작으로 고래를 피했다. 으레 있을 법한 아빠의 운동 신경 얘기도 없었다. 엄마가 머리끝까지 화가 나 있을 때, 엄마가 맘에 들어 하지 않는 행동은 알아서 안 하고, 엄마와 마주치지 않는 것은 당연하고, 엄마 눈에서도 멀어지려고 애쓰던 고래의 행동과 아빠의 지금 행동이 꼭 닮았다. 그런데도 피식 웃음도 나오지 않았다. 소파에 털썩 주저앉았나 싶은데 바로 벌떡 일어나 다시 방으로 들어가 할아버지가 문자를 보았는지 확인했다. 그대로였다.

아빠가 조심스럽게 다가와서 아이스크림을 먹잔다. 고래가 좋아하는 거다. 아빠가 무슨 일이냐고 묻지 않아서 다행이다. 사실 고래도 자신이 왜 이렇게까지 화가 났는지 그 이유를 몰랐기 때문이다. 고래 자신도 그 이유를 모르고 있는데, 아이스크림을 먹지 않을 이유가 없었다. 스마트폰을 들고 거실로 나갔다. 아이스크림을 먹으면서도 스마트폰 액정을 확인하고 있었다. 아빠와 같이 먹는 아이스크림이 무척 맛있었다. 그제야 고래는 아빠를 향해 씨익 웃었다. 아빠도 따라 웃었다. 아빠와 거의 싸우다시피 하며 금방 아이스크림 한 통을 해치웠다. 아이스크림을 다 먹었는데도 스마트폰은 잠잠하다.

여전히 할아버지는 문자를 확인하지 않고 있다. 스마트폰을 바닥에 내동댕이치고 싶다. 아빠가 걱정스러운 얼굴로 고래를 보고 있었다. 머리 위로 올렸던 손을 은근슬쩍 내렸다. 스마트폰은 죄가 없었다. 스마트폰이 부서지면 고래만 손해다. 엄마가 고래의 이런 행동을 받아들일 리가 없었다. 스마트폰이 필요 없었다는 걸 엄마가 미처 몰랐다고 반응할 것이 뻔하다. 엄마는 친구들 엄마와 달리 최강심장이다. 친구들은 가족 외식 메뉴 선택권도 있다는데. 가전제품이나 가구를 살 때도 발언권이 센 친구도 있었다.

엄마에게 어떻게 그런 강심장이 되었느냐고 물은 적이 있다. 철딱서니 없는 짓 하지 말라고 당부하면서 엄마는 아빠 때문이라고 했다. 거칠고 멀고 넓은 바다에 아빠가 있다는 생각을 하면 강심장이 아니고서는 버티기가 어렵다고 했다. 엄마가 엄마 친구랑 통화하는 걸 들은 적이 있다. 엄마는 아빠의 저승수당을 어떻게 함부로 쓸 수 있느냐고 했다. 아빠는 좋아서 배를 탄다고 했지만, 손도 쓸 수 없을 만큼 거대한 힘을 가진 죽음이 아빠와 너무 가까이 있다고 했다. 엄마의 그 말이 너무 무겁고 슬펐다.

아빠는 어선을 타지 않을 때는 상선을 탄다. 그게 고래네 가족을 경제적으로 넉넉하게는 했다. 고래는 자주 어선과 상선 둘 중에 한 가지만 타라고 부탁했다. 둘 중의 하나라면 아빠는 틀림없이 어선을 선택할 거다. 그건 어떤 면에서 다행스럽다. 상선이라고 하면 연달아 떠오르는 낱말이 해적이다. 캐리비안의 해적이니 바다로 간 산적이니 하는 영화를 보는 것과 비교할 수 없다. 엄마는 해적이라는 말만 들어도 얼굴빛이 창백해진다.

아빠가 배를 덜 탔으면 하는 말은 가볍게 끄집어낼 화제가 아니다. 아빠도 그걸 안다. 그래서 고래도, 아빠도, 아니 가족 중 어느 누구도 그 말을 쉽게 입에 담지 않는다. 그 말을 입에 담는 순간 아빠에게, 가족에게 어떤 불행한 일이라도 생길 것만 같다. 터무니없는 생각이란 걸 알지만 헤어나기가 쉽지 않다. 단판형 게임을 하다가 그만두는 것과 너무나 달랐다. 스토리형 게임이라도 게임에 합류하거나 멈추는 게 돌이킬 수 없다는 말이 필요할 만큼 심각하지는 않았다.

발버둥을 치면서 시간을 겨우겨우 잊곤 했지만, 틈만 나면 할아버지가 문자를 확인했는지, 시간이 얼마나 지났는지 훔쳐보기 일쑤다. 아빠는 고래와 같이 있어 줄 뿐 무슨 일인지, 뭘 도와주어야 하는지 묻지 않았다. 한편으론 그런 아빠가 무척 고마웠다. 가만히 보니 아빠도 뱃살이 있다. 배를 타는 동안 운동량이 많다면서 근육을 자랑하던 아빠였는데, 아빠도 뱃살이 생겼다.

살?

왜 날달철설만 되나. 날달철살도 맞잖아.

고래 나이는 엄마가 물으면 열다섯 살, 선생님이 물으면 열네 살이다. 엄마는 고래가 엄마 뱃속에서 열 달을 살았으니 기어코 열다섯 살이 맞단다. 선생님이 무슨 서류를 작성해야 한다고 하면 열네 살이다. 빨리빨리 나이를 먹어서 어른이 되고 싶다. 어른이 되면 제일 먼저 하고 싶은 게 한밤중에 마음대로 치킨 시켜먹기다. 어른이 되면 치맥으로 바뀌려나. 어쨌건 아무 눈치도 안 보고 치킨을 주문해 보고 싶다. 그것도 한밤중에. 9시가 넘어서 무엇을 먹으려고 하면 엄마의 잔소리가 세 끼 분량이다. 차라리 안 먹고 만다.

한 시간은 지났을 거다.

할아버지의 연락을 기다리면서 아빠와 날달철살에 관해 얘기를 주고받았다. 아빠랑 얘기하면서도 얘기에 집중이

잘 되지 않았다. 틈만 나면 스마트폰을 살폈다.

할아버지는 아직도 문자를 확인하지 않았다. 이건 반칙이다. 상품도 안 주면서 퀴즈를 내놓고 확인도 하지 않는 건 말도 안 되는 일이다.

고래의 스마트폰이 부르르 진동음을 냈다. 할아버지다. 자존심이 걸린 문제다. 이럴 때 덥석 전화를 받으면 고래가 얼마나 약이 오르고, 화가 났는지 할아버지가 알 수 없지 않나. 아빠가 고래의 휴대폰을 유심히 건너다보면서 전화를 왜 안 받느냐고 묻는다. 자존심 문제라고 해 놓고 전화를 받을 수가 없어서 안 받고 있지만, 사실 고래는 전화를 받고 싶다. 마침 아빠가 전화를 받으라고 말해주니 그 말이 얼마나 반가운지. 아빠가 원양어선을 탄다고 오래오래 집을 비우는 거, 모두 다 용서해 줄 거다. 그래도 내년부터는 어선을 타지 않을 때 아빠가 상선을 타지 않았으면 정말 좋겠다. 고래가 통화하면서 보니 아빠도 아빠 스마트폰을 만지고 있었다.

"할아버지, 날달철설요. 아직까지 왜 안 보셨어요?"

"고래, 골이 많이 났구나. 문자가 오는 순간 이미 봤다."

그렇다. 문자가 오는 순간을 포착하면 짧은 내용의 문자라서 바로 확인이 된다. 그런 것을 고래는 문자 옆의 숫자 1이 사라지지 않아서 안절부절못했다. 할아버지는 다른 말은 없이 고래가 사는 동네를 향해 차를 모는 중이니까 기다리라 했다.

할아버지와 함께 바닷가를 걸었다.

동해안은 갯벌이 없기 때문에 길에서 바다까지 무지하게 가까워서 길을 걷다가 바다로 풍덩 뛰어들 수도 있다. 서해안에 갔을 때라야 갯벌이 없는 동해안이 확실하게 비교가 되었다. 무슨 일로 어떻게 왔든 바다를 보니 속이 탁 트인다. 그냥 걷기만 하려니 답답해서 할아버지를 두고 저 앞까지 달려갔다가 되돌아오곤 했다. 할아버지 걸음이 지난번보다 빨라졌는데도 할아버지가 고래에게 너무 촐랑거리지 말라고 주의를 주었다. 키를 견주어도 할아버지보다 고래가 더 클 거고, 할아버지 걸음은 보통 만나는 다른 할아버지보다 훨씬 빠른데, 고래에게 촐랑거리지 말라니. 은근히 속이 상한다.

"왜 날달철살은 아니냐고?"

동해안

그게 궁금했었다. 그런데 할아버지에게 날달철살 얘기를 했던가. 아빠랑 얘기한 건 틀림없는데, 할아버지와는? 잘 모르겠다, 그런 얘기를 한 것도 같고. 할아버지는 곧장 설명은 않고 촐랑거린다고 했을 때 고래 표정이 좋지 않더라는 둥, 촐랑거린다에 살은 아니고 설인 이유가 들어있다는 둥 하며, 뜻 모를 이야기를 이어갔다. 할아버지는 왜 맨날 이렇게 빙빙 돌려서 말할까. 할아버지야 매일 휴일이지만, 고래는 학생이다. 이것저것 한다고 얼마나 바쁜데 그렇게 빙빙 돌리나 말이다.

"촐랑보다 느낌이 큰 말은?"

"……출렁. 출렁요."

그래서 날달철살이 아니고, 날달철설이란다.

"앞의 날달 글자는 ㅏ 모음이고, 뒤의 철설은 ㅓ로 짝꿍이 된다. 특히 설은 새해의 의미로 한 해 전체의 경사를 기원하는 의미가 있어, 날달철설 모두가 경사스러운 세월이 된다."

짝꿍? 그러고 보니 날달철설이 날달철살보다 자연스럽다. 처음 이런 말을 만들었을 때도 ㅏㅏㅓㅓ가 ㅏㅏㅓㅏ보다 더 마음에 들어 이마를 탁 쳤을 거 같다.

"할아버지, 주먹시와 날달철설, 이게 모두 할아버지가 쓰신 거예요?"

"을, 날달철설의 공통점은?"

동문서답이다. 할아버지의 말에 엉뚱한 말을 한 것은 고래가 먼저이긴 했다. 할아버지가 고래의 물음에는 답을 않고 오히려 고래에게 질문을 하고 있다. 할아버지가 대답을 하지 않았음에도 고래는 할아버지가 이미 대답을 했다는 생각이 들었다. 주먹시와 날달철설 모두 할아버지의 작품이다. 아니라고 말하지 않고서 고래에게 던진 할아버지의 질문이 그렇다는 답이다.

ㄹ 이야기

 을, 날달철설은 받침이 ㄹ이라는 게 공통점이다. ㄹ은 ㄹ
일 뿐이라는 말은 나오지 않았다. 할아버지와 대화를 할 때
촐랑거리면 손해다. 으, 역지사지. 할아버지가 보통 할아버
지가 아닌 줄은 이미 해돋이 때부터 알아챘다. 알아채도 할
아버지식 퀴즈를 맞히는 데엔 아무 도움이 되지 않았다.
 할아버지는 ㄹ이야기를 들어보란다. 할아버지가 직접
말해 주는 것이 아니고, 고래가 검색해 보라는 게 숙제였다.
 싫지 않았다.
 주먹시와 날달철설이 같은 포털 카페에 있다는 것을 알
았으니 이제 한 고개를 넘었다. 몇 시간씩 웹서핑을 할 필
요는 없었다, 고 생각한 것은 고래의 판단 오류였다. 할아

버지의 카페에는 몇 시간씩 읽어도 읽은 글보다 읽지 않은 글이 훨씬 많이 남아 있었다. 할아버지의 카페는 완전히 빙산 중의 빙산이다.

드러나 있는 것보다 드러나지 않은 부분이 많을 때 빙산의 일각이라 하지.

아빠가 즐겨하는 말이다. 아빠는 그 빙산이란 말이 익숙한 베링해에서 명태를 잡는다. 아빠가 원양 어선 중에도 명태를 선택한 건 고래의 여름방학에 맞추어 집에 있을 수 있어서라는 아빠의 얘기. 믿거나 말거나다. 아빠의 배타기는 어렸을 때부터 가진 꿈이었으니까.

할아버지의 글은 주제도 다양하면서 글 한편의 분량이 고래가 한 달은 씀직한 길이였다. 이렇게 어마어마하게 많은 글을 쓴 사람, 이렇게 기상천외한 생각을 일상생활처럼 하는 사람이 바로 할아버지였다.

할아버지는 도사다.

고래는 이렇게 선언했다. 청중은 없었다. 그런데도 세계 시민을 상대로 중대한 선언이나 한 것처럼 고래는 몹시 긴장했다. 고래 또래의 나이일 때 기후 문제로 국제회의에서 연설을 했다는 스웨덴 소녀가 스쳐지나갔다. 여성 교육을 위해서 UN에서 연설한 파키스탄의 소녀도 있었다. 만약 이 시간 이후로 고래가 어떤 식으로든 달라진다면 그건 이 선언 때문일 거다. 고래는 선언을 하는 자신의 모습이 궁금해서 거울 앞에 섰다. 거울 속 소년의 모습은 낯설었다. 길지도 않은 머리를 가지고 헤어스타일이니 뭐니 하며 거울을 볼 때와 다른 소년이 거기 있었다. 냉동 창고에나 들어가면 그렇게 될 것 같은 그런 오싹함이 온몸을 휘감았다. 이런 경험은 처음이다. 무슨 일인지, 무슨 뜻인지 설명할 길도 없다. 고래에게 딱 한 가지 방법이 문득 떠올랐다.

고래가 할아버지에게 문자를 보냈다.

도사님, 뵙게 되어 영광입니다.

도사라고 불렀으니 이 정도는 점잔을 떨어야 격이 맞을 것 같았다. 할아버지가 금방 답을 보냈다. 할아버지의 답은 '아싸' 이모티콘이었다. 고래가 어색함을 무릅쓰고 평소라면 전혀 사용하지 않을, 잔뜩 격식 차린 문자를 보냈는데 할아버지, 아니 도사님은 아싸였다. 픽 웃음이 났다.

그 포털 카페의 수많은 메뉴 중에서 한글나라를 선택했다. ㄹ이야기는 틀림없이 한글나라에 들어 있을 테니까. 그런데 없었다.

한참 만에 고래가 찾은 것은 희한한 공식에 따라 쓴 '리을 사향곡(思鄕曲)[5]'이다. 고향을 생각하는 시인데 공식이

---

5) blog.daum.net/odu1893/466

제일 먼저 등장했다. 국어인 줄 알았는데, 수학이나 과학 시간 같다.

$$(ㄱㄴㄷㄹㅂㅅㅇㅈㅊㅋㅌㅍㅎ) + (ㅏㅓㅗㅜㅡㅣ) + (ㄹ)$$

'리을 사향곡(思鄕曲)'은 한글대잔치였다. 한글에 이런 표현들이 있었다는 것도 신기하고, 이런 표현들이 모여서 한 편의 시가 되었다는 것도 놀라웠다. 고래는 정성스레 한 연씩 한 글자 한 글자 손 글씨로 베꼈다. 엄마 선물용이다. 엄마도 쉽게 검색할 수 있음을 모르지 않았지만, 엄마는 틀림없이 고래의 기대만큼 감동할 거라는 생각이 들었다.

갈 길은 멀지만
걸음은 흘러간 날들 향해 멈칫
골짜기에 흘러내리는 여울물에 발을 잠시 담그면
굴뚝새 어디선가 길손 부르는 소리
글피께엔 보름달이 둥실 떠오르고
길가에 물레방아 다시 돌아가겠지

날은 그 때도 저물어
널따란 들을 따라 땅거미 길게 지면
놀빛 붉게 서쪽 하늘가에 찰랑대고

눌린 가슴 하룻길 끝에 하나 둘 풀어지면
늘 들리는 듯 집으로 소 몰고 돌아가는 소리
닐리리야 귓전에 절로 다시 들리는 듯

달무리 저녁 하늘에 고요히 물들면
덜 익은 찔레꽃 열매 발갛게 물들기 시작하고
돌무덤 서낭당 길가에 떨어지는 낙엽소리
둘러쳐진 산기슭엔 억새풀들 어울려 손짓하고
들길은 언제나처럼 도랑물 따라 길게 늘어져 있는데
디딜방아 소리 어디선가 들릴락 말락

놀랄 일 별로 일어나지 않는 고요한 산마을
얼럴럴 방아타령 논두렁 밭두렁 타고 흘러나올 듯
서롤 위하여 날달철설 같이 살자던 얼굴 얼굴들
이룰 꿈 한결같이 들마다 산길마다 배어 있고
이를 데 없는 삶의 숨소리 돌담길 골목마다
들릴듯 말듯한데

말 물어 서쪽 산 고갯마루 넘어 가려면
멀리서 들려오는 두견새 소리
몰라도 아는 척 구름은 말이 없고
물은 골짜기 따라 맑은 소리 내며 굽이굽이 흘러가고
봄을 떠나보내기 아쉬워 뒤돌아 다시 느껴 보려는 듯
밀밭길 따라 불어가는 한줄기 늦봄바람

발길마다 입맞춤하는 앞산길 이슬 헤치며
벌나비 숲길에서 길동무하던, 지금은
볼 수 없고 갈 수 없는 고향 먼 하늘
불빛 아련한 저만큼 아스라이 멀어져가는 마을 향해
잡을 수 없는 시간 이 편에 서서
빌고 비는 세월 탁발승

살구꽃 향기 오솔길 뒤로 하는
설운 나그네 외로운 어깨 너머로
솔솔 부는 솔바람 향기 따라
술 익는 냄새
슬슬 마을을 맴돌다 징검다리 끝으로 사라질 녘엔
실낱같이 코끝을 감도는 또 한 줄기 그리움

알알이 익어가던 석류나무 잎 사이로
얼른 떠오르는 낯익은 모습들
올해는 무얼 하고 있을까
울타리 너머 싱글 웃어 주던
을동이네
일꾼들

잘 가던 앞 시냇가 빨래터
절절한 친정 향한 그리움 물에 풀어 내리면
졸졸 흐르는 물소리에 조약돌은 씻겨가고

줄을 서서 울포댁 아지매 고운 손길 기다리는
즐비하게 양지쪽 뒤안길 따라 올망졸망 늘어선
질그릇 장독대 위엔 어느새 물잠자리 한 마리

찰진 쌀벼 꿈꾸며
철따라 가을을 기다릴 때 마다
촐촐 흘러 들어오는 물꼬 물소리
출렁이는 황금물결 커가는 듯
꽃을 보는 것보다 더 아름답고 미덥기만 한 들녘
칠흑 같은 늦여름밤 귀뚜라미 소리도 즐겁기만 하다

칼칼한 목소리 너머로 벌컥벌컥
컬컬한 막걸리 두어 사발 들이켜고
콜콜 자는 해거름 낮잠 한숨 자고도
쿨쿨 업어 가도 모를 깊은 밤잠
클 때나 어릴 때나 즐거운 건
킬킬대며 여럿이 웃던 웃음

탈도 많고 말도 많던 먹감나무집
털보영감 아직도
툴툴 털어도 두어 되도 안 될 들깨 타작
툴툴 핫바지 털듯 털어 세워 말릴 깻단
틀어 묶어 올리며 지금도
버팀목 찾고 있을까

팔을 벌려 휘적휘적 시냇가를 걸으면
펄럭이는 모시적삼 소매 끝 따라
폴짝 폴짝 좋아라 복슬강아지 따라 올 때쯤
풀피리 하나 꺾어 들어 흰 구름 올려다보며
슬플 때나 기쁠 때나
필릴리 필리을리!

할미꽃 피던 날, 봄나물 캐던 바구니 잠시 놓고
헐떡거리던 어깨 숨소리 나즈막이 낮추며
홀로 댕기머리 입에 물고
훌쩍훌쩍 눈시울 적시다 물끄러미
흘러가는 시냇물 쳐다보다 시집간 누나처럼, 오늘도
힐끗힐끗 나 홀로 돌아보는 지나온 발길 발길들!

　　엄마의 감동은 고래의 기대 이상이었다. 엄마가 눈물을 글썽거렸다. 괜히 선물 했나 후회스럽다. 드라마를 볼 때도, 노래를 들으면서도 가끔 울지만, 이젠 시를 보면서도 우는 엄마다. 어떤 이유에서건 엄마가 우는 건 무조건 싫다. 고래가 엄마에게 선물을 내밀었을 땐 엄마가 고래를 꼭 안았다. '초딩도 아닌데'를 중얼거리며 민망해 하면서도 싫지 않았다. 엄마가 ㄱ부터 ㅎ까지 읽었다. 다음엔 목소리를 착 가라앉혀서 소리 내어 읽었다. 울먹이면서. 아빠가 무슨 일이냐며 엄마 곁에 가니 엄마가 또 처음부터 읽어

준다. 엄마의 시낭송을 들은 아빠는 아주 짧은 감상평을
했다.

"다시 대해도 좋은걸. 바다가 고향이면 어떤 글이 나왔
을까."

아빠의 반응에 고래와 엄마는 눈이 마주쳤다. 눈이 마주
쳤어도 엄마와 고래 생각이 같은지 어떤지는 자신이 없다.
살짝 흔들리는 엄마 눈빛이 그랬다. 아빠는 한동안 말이 없
었다. 아빠는 바다로 돌아가 있을 거다. 이런 때의 아빠는
곧잘 집을 떠나 바다에 가 있다. 원양어선이 아닌 고향 바
다. 바다는 아빠의 놀이터였다. 아빠는 아무 장비도 없이
잠수도 잘했다.

작은 고깃배에서 할아버지와 먼발치로 바다 고래를 보
았을 때부터 아빠의 고래사랑은 시작되었다. 베링해에서
는 귀신고래도, 외뿔고래도, 벨루가도 볼 수 있을 거다.

바다 고래를 보고 싶어 배를 탄다는 아빠는 일을 할 때는
마음껏 고래를 볼 수 없단다. 바다 고래의 숨 쉬는 소리까
지 들릴 정도로 고래가 가까이 와 있어도, 어선에서 작업을
하고 있을 때는 오직 명태만 생각한다. 작업팀들이 교대로
깨어 있어야 하는데, 다음 교대팀이 바로 작업할 수 있도록
마무리를 해 두고 잠자리에 드는 하루하루가 고달프다. 항
해사인 아빠는 요즘은 작업팀이 아닌데도 그 자리에 있곤
한단다. 처음에는 항해사인 아빠가 지켜보고 있는 걸 불편

해 하던 선원들도 곧 아빠의 그런 모습에 익숙해졌다.

예전에는 어선 주변에서 푸푸거리는 바다 고래뿐 아니라, 한반도 동해안에 사는 아들 고래를 생각할 겨를이 없기도 했다. 바다 고래가 배 주변에 나타났다는 건 파도가 잔잔하다는 뜻이기 때문에 열심히 명태를 잡을 준비로 해석해야 한다. 말로는 엄마와 고래를 잊은 적이 없다고 하지만 상황을 들으면 생각한 적이 없다가 맞을 거 같다. 불만 없다. 고래가 지금 누리고 있는 것들이 모두 아빠가 목숨을 걸고 바다와 싸운 덕분인 줄 아는 까닭이다. 요즘은 선박 시설이 워낙 좋아서 고래와 영상통화도 하고, 명태가 어느 바다에 많이 있는 줄 기계가 다 찾아주지만, 1등 항해사인 아빠는 예전 어선 얘기를 할 때 더욱 신이 난다. 요즘 배에서는 사람 위에 기계가 있을 때가 많다는 게 아빠의 불만처럼 들릴 때도 있다.

아빠가 어린 시절에서 한참 머무는 줄 알았더니 아빠가 리을사향곡에서 다른 의견을 냈다. 엄마도 찾지 못한 걸 찾아냈으니 아빠의 문학 감상 실력도 보통은 아니라며 어깨를 으쓱였다. 아빠의 이런 태도는 순전히 엄마를 의식해서다. 엄마가 책을 많이 보니까 아빠는 그쪽 방면에서는 엄마에게 눌려 지낼 수밖에 없다. 그런데 엄마가 미처 생각하지 못한 걸 아빠가 찾았다. 엄마와 고래의 궁금증을 한껏 부풀게 해 놓고는 아빠가 스무고개를 할 것처럼 툭 한 마디 던졌다. 아빠의 힌트다.

"디딜방아에서는 '딜'이 두 번째 있긴 하지만, ……."

"혹시 당신, '봄을'을 보고 문제 내려는 거, 아냐?"

아빠가 깜짝 놀랐다.

"아빠, '잡을, 꽃을'도 있어. 작가님이 발음 나는 대로 사용하신 거야."

작가가 누구인 줄 알고 있으니, 고래 자신도 모르게 높임말이 나왔다.

"내가 보기엔, 있잖아……. 모두들 알고, 있었어?"

아빠가 자세를 고쳐 앉으며 말하는데 말을 처음 배우는 아기 같다. 문학 감상에 뛰어들어 어학을 말한 아빠를 보며, 엄마가 시나브로 우리말의 맛깔스러움을 말하기 시작한다. 엄마는 이런 때면 평소에는 거의 들어볼 수 없었던 낱말을 사용하곤 하는데, 시나브로도 거기에 속한다. 시나브로는 그래도 제법 익숙해졌다. 엄마가 시나브로라는 말을 좋아해서 자주 사용하기 때문이다.

"'봄을'을 소리 내면 [보믈]이 되잖아."

"아빠, 2음절에 'ㅁ + ㅡ + ㄹ'이 나타난단 말야."

아빠는 머리를 긁적였다. 하지만 민망해 하지 않았다.

"그래, 집에 돌아오려고 서두르는 게 이런 맛이 그리워서지."

아빠는 양쪽 팔로 엄마와 고래 어깨를 감쌌다. 엄마와 고래의 설명으로 아빠가 틀렸다는 걸 인정해야 하는데 아빠보다 키가 큰 고래 어깨를 어색하게 감싼 아빠의 표정은 그게 아니었다. 행복으로 가는 지름길을 찾으면 아빠와 같은 표정을 지을 거다.

출항할 때 배에는 어마어마한 양의 김치통이 실린다. 한국인이니까 어딜 가도 김치가 먹고 싶을 거다, 라고 처음엔 생각했다. 고래도 중학생이 되고부터는 부쩍 김치를 찾는다. 동아리 활동을 하면서 선배와 같이 밥을 먹을 때였다. 나이가 드니까 김치가 땡긴다고 선배가 말했었다. 확실히 그렇다. 입안이 텁텁할 때 김치는 그만이었다.

동아리 활동이라니까 동아리 선배가 생각이 난다. 그 선배는 이미 고등학생이어서 요즘은 만날 일이 없지만, 그 선배가 동아리장이었을 때는 최소한 한 달에 두 번은 박물관에 다녀와야 했다. 그 선배가 박물관에 가는 모습은 독특했다. 초등학교 때부터 박물관에는 자주 다녀왔지만, 별로 중요할 것 같지 않은 깨진 기와조각이나 코가 문드러진 불상 등등이 귀하게 자리를 잡고 있는 곳으로 기억될 뿐이었다. 그 선배는 동아리원에게 박물관에서 해야 할 과제를 주었다. 한 시간 후에 만나서 각자 무얼 보고 생각했는지 대화를 하게 만들었다. 고달팠다.

그런데 마력이 있었다. 대충 둘러보고 아이스크림을 먹는 것보다 뭔가 대단한 일을 하는 기분이 들었다. 선배가 졸업하고는 그런 동아리 활동을 한 적은 없었다. 그런 활동을 하려면 그 선배처럼 미리 박물관에 가서 과제를 만들고 동선도 생각해야 했기 때문이다. 이제는 고래 혼자 그렇게 박물관을 가보거나 가족끼리 박물관 나들이를 그런 방식으로 해 보곤 했다. 과제 제출은 엄마 몫이다. 엄마가 과제를 만들어놓고는 고래보다 더 열심히 과제를 해결하려고 바쁜 엄마 모습이 보기 좋았다.

어선의 김치통도 어른들의 입맛에 맞추기는 했을 거다. 그런데 명태 잡이 원양어선에서는 김치통의 더 중요한 역할이 있다. 김치를 먹고 김치통을 잘 보관하는 건 바다 환경을 생각하는 고결한 자세는 아니었다. 회사에 약속한 명태의 양, 어획량을 다 채우고부터 모든 선원들이 열중하는 것은 명태알을 김치통에 채우는 거다. 명태알을 채운 김치통의 숫자는 곧 자신의 수입으로 연결되기에 모두들 김치통 채우기에 다른 생각을 할 여유가 없다.

이런저런 이유로 아빠의 머리와 가슴에서 어느 정도 물러나 있던 고래와 엄마 생각에, 한반도는 아직 눈에 들어오지도 않는데 갈매기만 보이면 마음이 얼마나 급해지는지 모른다. 명태며 명태알에 몸과 마음을 온통 빼앗겨 있다가 돌아오는 길에는 그때까지 제대로 누리지 못해 소원이 되다시피 한 잠부터 충분히 잔다. 그 후로는 걷잡을 수 없이 밀려오는 가족을 그리워하는 마음을 억누르기 어렵다.

"하긴 출항할 때도 배를 타고 싶지 않지만."

가족이 몹시 그립다는 얘기를 하면서 불쑥 아빠가 이런 말을 했을 때 고래는 깜짝 놀랐다. 월요병이라는 말이 있을 만큼 월요일에는 더욱 학교에 가고 싶지 않은 것처럼 그토록 바다를 좋아하는 아빠도 육지를 떠나고 싶지 않을 때가 있다고? 고래가 놀란 표정을 지었을 때 엄마가 뭐 그런 농담을 하느냐면서 아빠를 툭 쳤고, 아빠도 껄껄 웃으며 아무 말도 하지 않았던 것처럼 지나갔다. 엄마와 아빠 사이에 비밀스러운 기류가 흘렀다. 뭔가가 번쩍 떠올랐어도 중학생답게 모른 척했다.

오랜 선상 시간으로 그리움을 애써 잠재우기야 하지만 갈매기는 그마저도 불가능하게 만들어버린다. 그때부터는 갑판에서부터 마구 달리게 되는 마음을 어쩔 수가 없다. 언제쯤 한반도에 도착할지 기계가 다 가르쳐주지만 기계 알림보다 갈매기가 더 반가운 것도 어쩔 수가 없다.

고래는 갈매기를 발견한 아빠의 심정으로 도사님에게 문자를 보냈다. ㄹ 이야기가 궁금하다고. 도사님이 전송한 ㄹ 이야기 시리즈 중 첫 글에서 첫 번째로 마음에 들어온 구절을 옮겼다.

글 쓸 일, 말 할 일들을 잘 살릴 길

우리말 받침에 이렇게 많은 ㄹ이 필요하다니. 중국 문화가 들어와서 우리말이 한자어로 바뀌는 많은 순간에도 ㄹ 받침 말들은 우리말의 힘을 잃지 않고 꿋꿋이 제 자리를 지키고 있었다. 훈민정음은 그 말을 문자로 표현할 수 있게 만들었다. ㄹ은 영원이며 무한대와도 통하는 모양을 지녔다.

ㄹ이야기가 어디까지 뻗어갈 것인가.

ㄹ이 중심이 되어 분해된 모양들이 ㄱ과 ㄴ, ㄷ일 수 있다고도 보았다. ㄹ은 조합된 글자가 아니라 하나의 통글자로서 특별한 형상의 글자화란 것임이 강조되었다. 그래서 ㄹ이 받침으로 쓰인 날, 달, 철, 설, 돌, 살을 통해 자연과 인간의 역사가 어우러진 모습을 보여준다.

한 걸음 더 나아가 ㄹ이야기는 모계사회니 음양도가 사상이니 하는 것과도 연결이 되지만, 고래로서는 숨 가쁘게 달려도 닿기가 힘든 세계다. 고등학생이 되고, 대학생이 되면 가능해질지도. 공부는 그래서 필요한가 보다. 왜 공부를 해야 하는지 제법 진지하게 생각해 보았다.

ㄹ이야기를 읽으며 깨달은 것은 한자가 중국을 통해 한반도로 흘러들어왔다고만 생각할 필요가 없다는 거였다. 우리 민족을 동이족이라고 일컫기도 했다. 한자는 동이족이 만들었다는 주장도 강력한 힘이 있다면 우리의 옛 발음이 한자에 영향을 주었을 것이기 때문이다.

고래는 새로운 버릇이 생겼다. ㄹ을 사용한 낱말 찾기. 겨루기든 누리나 미나리, 졸졸이든 까칠하다이든 하늘이나 개구리알이든 상관없이 ㄹ만 보였다하면 메모장에 기록하는 버릇. 게임을 하거나 문자보내기나 동영상과 관계되지 않으면서 스마트폰을 즐겨 사용하고 있다. 밥을 먹다가도, 엄마랑 얘기를 하다가도 뭔가를 입력하는 걸 보던 엄마가 무슨 숙제인데 그리 열심이냐고 물어서 배꼽 빠지게 웃었다. 왜 그렇게 하느냐는 물음에 고래가 한 대답은 엄마를 복잡하게 만들었던가 보다. 엄마가 복잡한 표정을 짓더라도 이해가 간다.

엄마에게 도사님의 ㄹ이야기를 통째로 공유해 주었다. ㄹ이야기를 받고도 고래가 기대한 만큼 엄마가 굉장한 반응을 하지 않았다. 리을사향곡을 읽으며 감동하던 엄마 모습이 떠오른다. 엄마가 다른 분야보다 문학을 좋아하는 게 틀림없다. 박물관 나들이가 가족행사의 큰 비중을 차지하는 건 엄마가 역사를 좋아하기 때문이 아니었나. 헷갈린다.

우리나라가 한자문화권에 속하긴 해도 한자 문법체계는 우리말의 문법체계를 바꾸지 못했다. 우리말 문법체계는 일본어 문법에 영향을 주어 '글 위성국'까지 갖게 되었다.

신나는 논리였다. ㄹ이야기가 이렇게 거대하고 수많은 이야기를 가지고 있을 줄은 몰랐다. 그런데 고래가 하고 싶은 것은 도사님도 미처 생각하지 못한 새로운 ㄹ이야기를 찾아내는 것이다. 당연히 쉬운 일이 아니다.

시간과 공간, 우주, 일상생활, 색깔의 세계, 국제 관계, 예술, 놀이문화……. 도사님의 ㄹ이야기가 너무도 다양한 분야에 나타나는 까닭에 고래가 찾을 거리가 거의 없어 보여서 더욱 고래를 자극하는지도 모른다. 옛적 탐험가들이 몇 년, 혹은 평생을 바쳐 새로운 곳을 찾아 나선 게 이런 이유가 아니었을까. 아무도 할 수 없어 보여서 내가 해 보리라는 그런 정신. 고래를 그리 생각하게 만든 ㄹ이야기는 기본적으로 위대하다고 엄마가 결론을 내렸다. 고래가 ㄹ이야기를 공유했을 땐 고래를 실망시키더니 엄마는 그새 ㄹ이야기를 다 읽었나 보다. 엄마의 이런 반응은 여전히 헷갈린다.

엄마의 표정이 예사롭지 않다.

엄마는 아들 덕분에 수준 높은 글을 읽게 되었다고 자랑했다. 엄마의 자랑스러운 아들이 아빠의 아들도 되기에 아빠가 덩달아 신이 났다.

엄마는 일월성(日月星)이란 한자어 대신 우리말로 날, 달, 별 얘기로 풀어가는 ㄹ이야기에 매력을 느꼈다. 천문대 소속인 줄로 남들이 착각할 만큼 엄마는 별을 좋아했다. 일제강점기 때 저항시인으로 이름이 높은 어느 시인의 별 헤는 밤은 엄마의 애송시다. 이국소녀의 이름인 패, 경, 옥이 나오는 연에 이르면 엄마는 꼭 한 번 짚고 넘어갔다. 이국

소녀라서가 아니라 평범한 사람들의 이야기여서 엄마를 감동시켰다.

엄마 표현을 그대로 옮기면 이 부분이 사무치게 좋다는 거다. 사무치게 좋다는 게 뭐냐고 물었더니 엄마는 고래 스스로 생각해 보라는 도사님식 대답을 했다. 좋은 정도가 매우 깊어서 가슴이 막 저려지도록 좋은 건가 하는 고래의 설명에 엄마가 아닌 아빠가 박수를 쳤다. 좋은 노래를 들었을 때, 멋진 경치를 보았을 때 저절로 흐르는 눈물로도 말할 수 있다고 엄마가 덧붙였다. 우리말 얘기가 고래와 엄마와 아빠의 가슴을 이렇게 흔들 줄 생각하지 못했다. 참 재미없을 것 같은 이런 얘기로 시간이 흐르는 줄도 모르고 대화를 하게 될 줄 정말 몰랐다.

온누리- 온을엔 해와 달과 별이 있습니다. 하늘 또는 우주로서의 〈을〉엔 리을세상들이 가득 있습니다. 하늘(한을)엔 해와 달과 별이 있지만 그것들은 여기에 모두 리을처리를 하여 우리의 리을 코스몰로지에서의 '날달별'이 된 것입니다.

시 감상 얘기가 섞인 엄마의 날달별 얘기를 듣고 나서 아빠는 ㄹ색깔 이야기가 마음에 와 닿는다고 했다. 아빠도 ㄹ 이야기를 읽었다는 얘기가 아닌가. 빨, 놀, 팔 색깔이야기. 우리 조상들은 오색 무지개라고 했다면서 ㄹ이야기에서 까망, 하양이 등장하는가 했는데, 천자문을 들먹이면서 천지현황(天地玄黃)으로 넘어갔다. 하늘은 검고 땅은 누렇다. 이번엔 있잖아 아빠의 얘기를 알아듣기가 몹시 힘들다. 다시 도사님의 ㄹ색깔 이야기를 읽는 수밖에.

있잖아 아빠의 표정이 심각해지더니 색깔 이야기에서 바다로 넘어갔다.

바다에 나가면 까망 색깔이 굉장히 강렬하다는 거다. 검다는 색깔이 단순하게 검다가 아님을 깨닫게 되는 순간들이다. 바다 고래가 숨을 쉬면 고래 분무에서 무지개가 생긴다. 아름답다는 말은 그때 하는 말이라고 아빠가 힘주어 말한다. 바다, 그것도 북극에 가까운 바다 이야기면 아빠는 고래와 엄마의 선생님이 된다.

ㄹ이야기가 세 식구를 찾아와 더위를 잊고 오랜 시간 같은 주제에 빠지게 만들었다. 잠자리에 들었을 때 천장에 도사님의 빙그레 웃는 얼굴이 나타났다. 고래는 다시 한 번 다짐했다. 새로운 ㄹ이야기를 꼭 찾아내리라.

고래는 결심을 굳게 다지기 위해 도사님에게 문자를 보냈다. 도사님이 곧바로 답장을 했다. 이런 시간에 아직도 잠을 자지 않느냐고 했을 때 비로소 밤이 깊은 줄 알았다. 그런 생각을 하자 너무 늦게 문자를 보냈다는 생각이 비로소 들었지만, 또 한 가지, 노인들은 일찍 자고 새벽에 일어난다던데 도사님은 이 시간에 뭘 하고 있었단 말인가.

궁금하다. 참을 수 없다. 답문자 오는 속도로 보아 답을 기대해도.

글을 쓰고 있다는 답문자다. 수많은 이런 시간에 글을 쓰면서 정리한 ㄹ이야기인데, 도사님이 얘기하지 않은 새로운 ㄹ이야기를 찾아낼 수 있을까. 찾아내리란 말을 하기 무섭게 포기부터 하려는 자신을 발견하고 고래는 몸서리를 쳤다. 공부라는 건 그저 공부하자고 마음먹는다고 되는 것은 아닌가 보다. 공부에 뜻을 두었으니 제대로 삶의 길을 가고 있다고 엄마가 말했었다. 학문에 뜻을 두는 나이가 15세라고, 그 나이를 옛적에는 지학(志學)이라 했다고 설명해 주었다. 지학의 나이에 고래가 이런 대단한 진리를 깨달았으니 한번 해볼 만한 일은 맞을 거다. 그게 ㄹ이야기가 아닐지라도 말이다.

고래가 고민하고, 스스로를 격려하면서 막 잠이 들려고 할 때 문자가 왔다. 잘 때 무음으로 처리하는 걸 깜빡 잊은 거다. 하긴 무음으로 처리하지 않는다고 스마트폰 소리 때문에 잠을 방해받는 일도 거의 없다. 오히려 알람 소리를 듣지 못하는 때는 있어도. 요즘 고래는 스마트폰을 만지작거리지 않고도 수많은 시간을 보내는 새로운 경험을 하고 있다. 문자는 도사님이 보낸 거다. 도사님의 문자는 두근두근으로 설정해 두었는데 진동음이라 금방 알아채지 못한 게 아쉬웠다.

ㄹ이야기를 할 수 있게 된 건 순전히 훈민정음 덕분이다. 그런데 세종실록에는 훈민정음에 관해서 만족할 만큼의 내용이 실려 있지 않다는 내용이다.

도사님의 문자는 그런 식의 내용으로 정리가 된다. 도사님은 십대들처럼 문자를 퍽 빨리 입력하는 것 같다. 아니 십대들과 달리 갖은 자로, 내용은 몹시 묵직하게 보낸다.

세종실록이라고?

도전, 세종실록

이번엔 세종실록 이다.

도사님이 숙제를 내준 게 아니고 고래 스스로 읽어보겠다고 작정했다. 새로운 르이야기 찾기가 잘 안 되고 있으니 세종실록이라도 읽어보자, 싶다. 작정을 하고 책상에 앉아 컴퓨터를 켰다. 인터넷 포털사이트에서 조선왕조실록을 검색하니 짠, 바로 나타났

세종실록 표지

다. 조선왕조실록 홈페이지에 접속해 단순한 호기심으로

상세검색을 클릭해 보았다. 상세검색의 구성은 특별하지 않았는데 상세검색 도움말의 예시가 세종대왕과 훈민정음이어서 반가웠다. 세종대왕과 훈민정음이 우리 민족에게 얼마나 큰 마음자리를 차지하는지 짐작이 갔다. 조선왕조실록 홈페이지에서 입력한 검색어

훈민정음

1. 세종실록 102권, 세종 25년 12월 30일 경술 2번째 기사 / 훈민정음을 창제하다

신문기사로 익숙해진 기사라는 낱말이 있다.

11건이 검색되었다. 조선왕조실록 전편을 통해 검색되는 것이 겨우 11건이어서 놀랐다. 세종실록에서 훈민정음이 검색되는 경우는 5건이다. 세종 25년 훈민정음이 창제되었다는 글 다음에는 세종 28년이 되어서야 검색이 된다. 세종 25년에 훈민정음이라는 말이 처음으로 생겼으니 이전에는 물론 기사가 없었다.

세계에서 가장 과학적이고 합리적인 문자

창제 과정까지 상세하게 전해지는 문자

백성을 사랑하는 마음으로 임금이 직접 창제한 문자

……

훈민정음을 수식하는 말들은 이렇게 거창했다. 그런데 11건이라니. 그것도 세종실록에는 창제 뒤 3년간 고요하기 이를 데 없다. 고래는 믿을 수가 없어서 세종실록 25년 12월 30일부터 세종실록을 읽기 시작했다. 12월 30일 기사는 2건이었다.

삭제(朔祭)에 쓸 향과 축문을 친히 전하다.
훈민정음을 창제하다.

1번 기사를 클릭하니 제목과 같은 내용인데 문장 끝 부분에 과거시제만 들어가 있었다.
2번 기사는 제목보다는 자세한 내용이 나타났다.

이달에 임금이 친히 언문(諺文) 28자(字)를 지었는데, 그 글자가 옛 전자(篆字)를 모방하고, 초성(初聲)·중성(中聲)·종성(終聲)으로 나누어 합한 연후에야 글자를 이루었다. 무릇 문자(文字)에 관한 것과 이어(俚語)에 관한 것을 모두 쓸 수 있고, 글자는 비록 간단하고 요약하지마는 전환(轉換)하는 것이 무궁하니, 이것을 훈민정음(訓民正音)이라고 일렀다.

세종 26년 2월 20일 1번째 기사에서는 집현전 부제학 최만리 등이 언문 제작의 부당함을 아뢰었다. 훈민정음 창

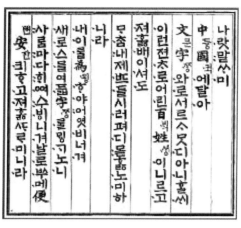

세종어제훈민정음

제에 반대한 최만리의 상소다. 최만리는 집현전의 우두머리다. 고래는 명나라에 대한 사대가 매우 심했던 시기로 세종시대를 배웠다. 학교에서, 집에서, 도서관에서. 조선의 이웃나라와의 외교 정책은 사대교린, 큰 나라는 섬기고 가까이 위치한 나라와는 친하게 지내는 정책이었다.

최만리의 반대 상소문에 있는 것처럼 명나라에서 사용하는 한문으로 문자생활을 하는 데 큰 불편함이 없다면서도, 훈민정음 창제를 반대하는 신하들의 상소가 어찌하여 한 번뿐일까, 조선만의 문자를 만드는 것은 오랑캐가 되려 하는 것이라고? 수업 시간에 들을 때는 반대 상소가 있었다고 하니 그랬나 보다 싶었다. 이제야 의문이 슬며시 고개를 든다.

반대하는 상소문이 줄을 잇거나, 달을 넘기도록 끈질기게 계속되는 경우가 종종 있는데, 훈민정음 창제는 반대하는 상소가 한 번뿐이라는 게 이상했다. 그 시대의 분위기가 세종대왕의 훈민정음 창제에 찬성했던 건 아니었을까. 최만리의 반대 상소는 훈민정음 창제에 선비들이 반대했다는 걸 나라 밖에 알릴 필요가 있기 때문은 아니었는지.

명나라 사대 외교 정책을 폈고, 특히 세종대왕은 더욱 극진하게 사대의 예를 취했다는데, 그러면서도 중국과 문자가 다르다면서 훈민정음을 창제했다. 여주 영릉에서 고래가 마주쳤던 장면도 잊을 수 없다. 세종 시대에 기록된 내용을 바탕으로 500년이 지난 현대의 과학자들이 세종 시대의 천문 관측기구를 복원해서 왕릉에 들어서면 펼쳐지는 공간을 과학 공원처럼 만들어 놓았다. 명나라가 아닌 조선의 하늘을 관측해야 한다는 생각을 깊이 한 결과 그런 많은 기구들을 만들었다. 그 시대의 천문관측기구로 볼 때 세계적 수준이라고 평가했다. 겉으로는 사대주의였고, 속으로는 자주정신을 지녔다는 얘기?

의문은 또 있었다. 아무리 세종대왕이 천재적인 인물이었을지라도 어느 날 아침에 문득 떠올라 훈민정음을 만들리는 없었다. 그러면 세종 25년이 아닌 그 앞에 틀림없이 단서가 있을 거다.

선생님은 참 재미없고 지루하고 읽기 힘든 것이 실록이

라고 했다. 아이들이 실록 읽기에 도전할까 겁내는 사람처럼 그 싹을 싹둑 잘라 버렸다. 평소의 선생님은 그렇지 않았었다. 선생님이 조선왕조실록을 다 읽었다는 걸 은근히 자랑하고 싶었던 건 아닐까, 하는 묘한 생각까지 들었다.

선생님은 조선왕조실록 중에서 가장 긴 실록이 어느 왕의 실록인지 물었다. 알 리가 없었다. 조선 왕 중에서 너도 나도 알고 있는 임금을 손꼽아보면 세종이 단연 으뜸이었다. 아이들이 여기저기서 소리쳤다. 태조, 정조, 태종, 고종 정도였다. 어느 구석에선가 연산군이라고 소리쳐서 왁자하게 웃음이 끓어올랐다. 또 어떤 고운 목소리가 왕이 된 남자 광해라고 하여 또 한 번 웃음바다를 이루었다. 웃음이 터진 교실만 생각났지 어느 왕 때 실록이 제일 길었다고 했는지는 기억나지 않는다.

아무튼 쉽게 읽을 수 없는 것이 실록인 것은 확인된 셈이다. 선생님은 책 이야기만 나오면 그 책이 얼마나 재미있는지 홍보하느라 바빴다. 누군가가 말뿐일지라도 읽고 싶다고 해야 그 책 홍보가 끝나곤 했다. 그랬던 것이 실록 얘기할 때는 다른 사람 같았다.

그렇지만 읽어보고 싶다. 조선왕조실록이 아니라 세종실록이다. 다른 사람들이 미처 찾아내지 못한 단서를 꼭 찾고야 말리라. 대단한 각오로 덤벼들었다. ㄹ이야기를 새롭게 찾아내는 것과 비교하면 어느 게 더 빠를까. 속도전. 엄마는 조급하게 마음먹지 말라 했다. 공부의 길은 단거리가 아니고 마라톤임을 잊지 말라고. 그러면 어느 쪽이 더 빠를까의 문제는 아니다.

조선왕조실록은 훈민정음에 이어 유네스코 세계기록유산이 되었다. 대한민국 국민으로서 최소한 한번은 읽어야 하지 않을까. 암, 그래야지. 그렇게 시작했지만 조선왕조실록이 아니라 세종실록을 읽는 것도 엄청난 인내심을 요구했다.

무지하게 많은 한자어는 무슨 말인지 도대체 이해할 수가 없었다. 아래쪽에 주석이라고 약간의 설명이 나와 있지만 주석을 이해하기 위해 또 다시 검색을 해야 하는 일이 되풀이되었다. 선생님의 조선왕조실록 얘기가 다른 책과 달랐던 것은 이런 것에 대한 불만의 표현일 수도 있겠다는 생각이 들었다.

진도가 너무 늦고 힘들어서 주석을 모두 읽는 것은 일찌감치 포기했다. 무슨 말인지 이해가 되지 않으면 안 되는 대로 내용을 넘겼다. 세종실록을 이해하는 것이 아니라 그냥 구경하는 차원으로 내용을 넘기다가 관심 있는 부분에서는 조금 꼼꼼하게 살펴보는 식으로 실록을 읽었다. 아예 제목만 보고 넘어가는 일도 많았다. 세종25년 이후 실록은 우연히 두 번이나 보게 되는데도 그 부분조차 만만하지 않았다.

세종실록 읽기에 푹 빠져 지내느라고 일부러 고래의 방학에 맞추어 집에 머무는 아빠와 같이 있는 시간이 줄어서 무척 마음에 걸리긴 했다. 아빠에게 세종실록을 아는 대로 전달했다. 아빠에게 전달한다고 생각하니 그냥 읽고 지나가는 것이 아니고, 공책 정리를 해 나가는 기분이었다. 떠오르는 4자성어가 있다. 교학상장(敎學相長). 학교 복도 천장에 매달려 있는 교학상장은 확실하게 교학상장이었다. 수업 시간에 발표하려고 준비한 내용은 오래 기억되고 정리요약이 탁월했다. 아빠에게 전달하려고 정리하는 것이 모둠활동 결과 발표와 다르지 않았다.

아빠가 가끔 질문을 하면 대체로 답을 못했다. 고래는 다음에 꼭 설명하겠다고 약속하고 집중 탐구도 했다. 이러다간 세종실록 도사가 될지도 모른다. 도사? 도사를 함부로 아무 곳에나 갖다 붙일 수는 없다. 어느 과목 모둠활동 시간에는 역할을 맡으면 역할 이름이 붙는다. 이끔이, 지킴이, 기록이, 칭찬이……. 이번 세종실록 읽기 활동에서는 고래가 읽음이 역할이다.

세종실록을 읽기 시작하자 엄마는 곧장 도서관에서 세종대왕과 관계가 깊은 책을 대출해서 읽기 시작했고, 이내 푹 빠져들었다. 책 읽는 엄마 앞에서 아빠가 투정을 했다.

"당신, 연합독서회에서 처음 보았을 때보다 요즘 더 책에 빠진 것 같아."

아빠가 책에 질투를 했다. 고래는 그런 아빠가 귀여웠다. 아빠는 책 읽는 엄마를 보고 첫눈에 반했노라고 엄지척까지 하며 고래에게 고백했다. 독서회에서 엄마를 보려면 아빠도 독서회 근처에 있었다는 얘기다. 설마 아빠가 책을 읽으러 거기 갔을까.

"이런 책에서는 볼 수 없었던 것까지 세종실록에 있어. 노(老)가 존칭이더라고. 세종시대에 태종은 거의 신과 같은 존재였는데, 태종을 노인이라고 지칭했던걸."

엄마가 세종실록을 읽었다고? 노할매는 노할매가 존칭임을 알고 있었다는 얘기? 고래가 중얼거리며 엄마를 바라보았다. 아빠도 엄마를 바라보았다. 그런 아빠에게 고래의 눈길이 머물자 아빠가 책에 질투하며 보여주었던 그 웃음을 또 짓는다. 아빠 웃음이 꼭 소년 같다. 소년 아빠 앞에서 어른이 된 것처럼 고래가 아빠에게 점잖은 웃음을 날렸다. 아빠는 고개를 절래절래 흔들었다.

"고래는 디지털로, 그리고 있잖아, 당신은 아날로그로 세종대왕을 만나니, 난 고래와 당신 덕이나 보고 있지, 뭐."

있잖아가 들어갔는데 아빠 말이 짧을 때도 있다. 아빠 말을 들으면서 양녕대군이 떠올랐다. 세종대왕이 왕위에 오르기 전에 이미 세자였던 세종대왕의 맏형은 양녕대군이었고, 둘째형 효령대군은 독실한 불교 신자였다. 양녕대군이 말했다. 살아서는 임금인 동생 덕을 볼 테고, 죽어서는 불자(佛者)의 형이 될 것이니 어찌 즐겁지 않겠느냐고. 아빠가 그런 말을 할 때 양녕대군이 떠오르는 것을 보면 건성으로 세종실록 기사만 클릭한 게 아닌가 보다. 핏줄에 테크놀로지가 흐르는 세대라는 말이 그냥 있는 말은 아닌 것 같다. 고래가 흐뭇한 미소를 머금었다.

그러고 보니 숭유억불정책을 추진하던 조선에서 세종대왕은 대궐 안에 불당을 짓느라고 신하들과 대립하고, 세종대왕의 형은 독실한 불교신자였다는 것도 의문이다. 신하들이 세종대왕에게 상소할 때 즐겨 사용하는 말이 '임금이 행하면 후손들은 임금이 행하였으니 괜찮다고 할 것인데 이를 어찌 하겠느냐'는 식이었다.

다시 정리해 보았다. 도사님에게 할 질문 내용이다.

훈민정음을 창제할 때 나라 분위기는 찬성이지 않았을까.

숭유억불이라는 조선 정책은 겉으로만 내세운 정책이 아닐까.

문자를 보냈다. 도사님으로부터 바로 만나자는 답이 왔다. 세종실록을 구경한다고 한동안 도사님과 대화도 못했다.

세종실록은 참으로 길기도 해서 구경하다시피 하는데도 클릭하는 손가락에 쥐가 날 정도였다. 이렇게 구경하는 게 무슨 소용일까 싶다. 도서관 수업을 할 때 어떤 애가 야한 소설이라는 한 마디에 꽂혀 야한 부분만 찾다가 소설 내용을 놓치는 걸 본 적이 있다. 그런데 희한한 일이 생겼다. 그냥 구경했을 뿐인데도 세종실록의 내용이 부분부분 기억나는 것이다. 아빠에게 전달한 특별한 일이 있긴 했다. 공책 정리를 스스로 하는 게 이렇게 도움이 되는구나, 깨달았다.

도사님이 고래를 잊었나 했는데 바로 답이 오는 걸 보고 고래는 안심이 되었다. 도사님은 청소년과 하는 대화가 이렇게 재미있을 줄 몰랐다고 했다. 도사님이 고래를 정중하게 한 사람의 인격체로 대우하는 것이 고래는 무척 좋았다. 훗날 박사 학위를 받으면 이런 기분일까. 박사 학위? 한국사 시간에만 존재감을 드러내는 고래의 학교 성적은 중위권이다. 그런 고래가 박사 학위를 떠올렸다. 이건 대사건이다. 아빠가 좋아할까.

아빠는 빨리 배를 타고 싶어서 수산고등학교를 졸업하고, 수산전문대학 진학을 선택했다. 진학을 권한 것은 할아버지였다. 뱃사람이 되는 것을 반대한 적은 없었지만 배움이 짧은 것은 좋은 일이 아니라며 상급학교로 아빠를 진학하게 만들었다. 몇 년 더 일찍 배를 타고 안 타고는 긴 인생으로 보면 문제가 되지 않는다고 아빠를 설득하려 했다는 할아버지다. 그럼에도 배를 빨리 타겠다는 마음을 거두지 않는 아빠에게 할아버지는 '배움이 짧은 애비의 소원'이라는 말로 아빠의 진로를 마무리 지었다. 4년제 대학이 있었지만, 아무래도 거긴 어선보다 상선에 더 집중하는 것 같아 고민 끝에 전문대학을 선택했다고 아빠는 고래에게 그 때의 심정을 들려주었다. 결국 아빠는 상선도 타고 있다.

고등학교 가서도, 대학에 진학해서도 고래에게 이런 생각들이 이어질까. 모르겠다. 아빠가 소원이라는 무기를 들어 할아버지가 아빠의 진로에 강력한 영향을 미친 것처럼 고래의 진로에 간섭하지는 않을 것 같다. 아빠가 할아버지의 소원 성취 때문에 몇 년 늦어진 뱃사람 생활에 불만을 가지지는 않았다. 오히려 할아버지에게 고맙다는 말을 하곤 했다. 아빠가 장난기를 걷고 말했다.

"공부를 한다는 것은 요즘 흔히 말하는 삶의 질 문제거든."

어려운 말이었다.

삶의 질?

"조선 중심의 우주관이 훈민정음 창제에 들어있다."

고래의 물음에 도사님은 그렇게 짧게 대답했다. 조선 중심의 우주관과 훈민정음은 알겠는데 두 가지를 이으니 도무지 모를 내용이 되어 버린다. 삶의 질을 위해서 무슨 뜻인지 꼭 알아야겠다. 고래는 각오를 단단히 했다.

'훈민정음에는 있는데 한문에 없는 문자가 이응이다. 조선의 문자체계인 훈민정음으로 중국을 규정했다.'

공부가 좀 되었다고 생각했는데, 도사님의 얘기는 거의 4차원 수준이다. 조선 중심의 우주관을 말하다가 갑자기 중국을 규정한다는 내용이 나온다. 분명 명나라, 중국과 관계는 있겠지만 훈민정음으로 명나라를 규정하는 것은 어떻게 한다는 뜻인지.

"용비어천가라고 들어본 적 있니, 고래?"

그거라면 들어보긴 했다. 워낙 뜻 모를 말이어서 이렇게 들어본 적이 있는 걸로 넘어가니 마음이 한결 가벼워지는 것 같다.

해동 육룡이 나라샤가 이름이 좀 나 있다. 제목 용비어천가를 지나 본문 첫 부분까지 들어가야 해동 육룡이 나라샤를 만나게 된다. 그렇다고 곧 익숙한 뜻으로 바뀌는 건 아니고 그 단계에서 또 공부를 해야 하지만, 무슨 뜻인지 짐작은 하고 있다. 그게 조선의 문학이라는 말도 아울러 들었다. 중국 황제의 일도 같이 기록되어 있다고 했다. 결국 조선 왕실이 대단하다는 얘기를 하고 있다. 그러고 보니 중국 황제의 일을 훈민정음으로 기록하지 않았나.

도사님이 이해를 잘 하고 있다고 칭찬했다. 요즘 조선, 아니 세종시대에 대해 매우 많은 내용을 알고 있다. 엄마가 도서관에서 대출한 책 제목 중에서 세종이 조선의 표준이라는 책을 본 적이 있다. 그 제목을 보았을 때, 조금은 안심이 되었다. 저 책대로라면 세종실록을 읽는 것만으로도 조선을 이해할 수 있다는 게 되기 때문이다.

미국의 어느 CEO는 엘리베이터를 함께 타는 시간 동안 자신의 생각을 정리해 말하라고 했다는데, 아빠에게 세종실록을 전달하면서 고래 자신도 모르게 요약하는 버릇이 들었나 보다. 세종실록 독서 이전부터 있잖아 아빠의 긴 얘기를 요약하는 버릇이 있기는 했다.

아, 그러고 보니 엄마가 고래 눈앞에 흔들어 보이면서 만 원짜리 지폐에 용비어천가가 인쇄되어 있다고 했던 게 떠올랐다. 도사님이 용비어천가 1장과 2장을 현대어로 들려주었다.

용비어천가가 바로 훈민정음으로 중국의 일, 황제의 일을 규정한 것이라고 도사님이 설명했다. 하늘을 읽는 것, 곧 천문은 황제의 나라에 속하는데, 중국에서 변방의 작은 나라에 불과하다고 생각하는 조선이 중국 문명을 거부하고 조선 중심의 천문을 읽겠노라 작정하고는 조선의 하늘을 중심으로 천문관측기기를 제작하고, 같은 시기에 중국의 문자와 다른 훈민정음을 창제했다는 거다. 세종대왕과 신하들의 마음속에는 탈중국 세계관이 자리 잡고 있었고, 자주적인 세계관은 깊이 뿌리를 내려 외부 세력이 좀처럼 완전하게 걷어내지 못했다는 거다.

불교만 해도 그렇다. 숭유억불을 깊이 생각해 보아야 한다. 이 부분에서 고래는 스스로를 칭찬했다. 이런 때만큼은 모둠활동의 칭찬이가 고래를 마구 칭찬해도 아무도 막지 않을 것이다. 세종실록을 읽으니 숭유억불이 아니라 숭유숭불일 때가 종종 있었던 것이다.

훈민정음이 문자로 제 구실을 할 것인지를 실험할 때도 불교 책들이 줄줄이 그 대상이 되었다. 세종대왕의 월인천강지곡, 훗날 세조의 왕위에 오르는, 세종대왕의 둘째 아들 수양대군이 지은 석보상절이 그것이다. 훗날 세조는 이 두 책을 합친 월인석보를 펴낸다. 이런 내용은 물론 도사님의 설명이다.

"고려를 부인하면서 조선이 세워졌지만, 오랜 시간 고려인의 마음에 새겨진 불교적인 세계관을 뿌리 뽑기는 힘든 일이지. 이 자주정신(自主精神)은 신라 때부터 이어져왔으니 얼마나 오래된 일이냐."

몽고, 원나라가 중국 대륙을 휩쓸었을 때 중국이 오랑캐에게 점령당한 사건은 고려인들에게 매우 큰 혼란을 주었고, 이 사건은 중국도 별 수 없다는 것이 되어 고려 중심의 세계관을 가지는 데 영향을 주었다. 큰 나라라던 송나라, 중국은 원나라의 지배를 직접적으로 받았지만, 고려는 팔만대장경을 제작하는 노력을 기울이면서 끝까지 자주정신을 잃지 않았다. 고려가 원나라의 사위나라가 되었으니 나라를 빼앗긴 거나 마찬가지라는 평가도 있지만, 중국 대륙의 송나라도 원나라가 되는 시점에서도 고려라는 나라를 그대로 지켜낸 점을 가볍게 생각지 말라.

도사님의 해석은 막힘이 없고 속이 후련했다. 팔만대장

경이라는 종교의 힘으로 표현되었지만 결국은 고려인의 의지라는 뜻으로 가슴에 스며들었다. 오래오래 사람들 마음에 들어있던 뿌리 깊은 생각이 숭유억불이라고 외쳤다고 해서 쉽게 없어지지는 않을 것이다.

뿌리 깊은 나무는 ……

용비어천가 2장이라는 건 외우려고 애쓰지 않았었다. 그 다음에 무슨 내용이 나오는지는 대충 짐작만 하고 있을 뿐이지만 뿌리 깊은 나무라는 구절은 많이 들었다. 엄마의 표정과 함께 만 원짜리 지폐가 홀로그램처럼 나타났다가 사라졌다. 오래 사는 나무가 많으니 뿌리 깊은 나무는 아주 오랜 옛날부터 있었겠지만, 용비어천가에 이런 구절이 들어가면서 후손에게까지 알려지고 있다. 용비어천가 이전에 또 누가, 어떤 책에서 이 구절을 사용했을지라도 지금 고래에게는 그걸 탐색할 의지까지는 있지 않았다.

사과라고 다 같은 건 아니었다. 뉴튼의 사과가 다르고, 빌헬름텔의 사과도 다르다. 용비어천가는, 아니 훈민정음은 그 당시의 중국 중심의 세계관을 조선 중심으로 바꿔놓았다.

"고래, 태산이 높다 하되 하늘 아래 뫼이로다. 이 시조를 들어본 적 있지?"

중학교에 입학하던 날부터 만났던 시조다. 큰 꿈을 가지고 노력하다 보면, 정상에 도달한 자기 자신과 만날 수가 있을 거라는 대단한 얘기와 함께. 아이들은 의외로 이 시조에 무척 관심을 보였다. 옛글이라는 것 자체가 흥미를 끌 만한 일이긴 했다. 태어나면서부터 디지털세계에 살아서 오히려 디지털과 관계없는 세계에 흥미를 보이는 일이 가끔 있었다.

훈민정음 얘기가 왜 이 시조로 연결되는 건가. 잠시 한눈 팔 사이도 없이 긴장의 연속이다. 훈민정음과 '태산이'시조와 연결을 지을 수가 없음은 물론이고, '태산이'시조 얘기만 나오면 어쩐지 땀을 바작바작 흘리며 열심히 노력하는 모습만 떠올라 괴롭다.

"'태산이 높다 하되'는 16세기 양사언의 시조다. 그 시대 선비들에게 중국의 황제가 제사를 지내는 태산도 단순히 보통 뫼 중의 한 뫼에 지나지 않았다. 우리도 황제가 될 수 있다는 뜻이다. 이야말로 훈민정음 정신의 계승이다."

도사님의 말이 계속되었다. 고래는 근면과 성실, 꿈을 향한 노력의 대명사로 만났던 '태산이'시조가 중국과 다르다는 자주(自主) 조선의 정신을 이어받은 시조라는 데서 헤매고 있느라 도사님의 진도에 따라가지 못하고 있었다. 도사님이 말을 멈추었다. 아마도 고래의 대답이 필요했던 때가 아닌가 싶다. 무슨 얘기가 이어졌는지, 고래가 무슨 대답을 했는지 통 기억이 없지만 도사님이 고개를 끄덕이며 말했다.

"박물관? 좋지."

그래서 고래가 또 박물관에 가게 되었다.

디지털 헤리티지

    고래가 박물관을 놀이공원 가듯이 가볍고 신나게 드나든 것은 순전히 동아리 선배 덕분이다. 선배의 과제해결형 박물관 관람 동아리활동이 아니었으면 박물관에 그렇게 자주 갔을 리도 없고, 특별 전시 단골관람객이 될 수도 없었을 거다. 박물관 특별 전시를 관람했다는 건 학교의 다른 아이들이 너도나도 체험해 보는 일이 아니어서 그야말로 특별한 학교생활로 인정받았다. 전문가도 아닌 아이들의 인정을 받는 것만으로도 그렇게 신이 날 수가 없었다.

    디지털 헤리티지는 고래에게 특별 전시 중의 특별 전시 체험이 되었다. 박물관에서 시간이나 공간과 관계없이 디지털로 역사적 사건을 접하고 역사적 인물을 만나서 직접 대화도 나눌 수 있다고 했다. 그 역사적 인물이 마침 세종대왕이다. 디지털 휴먼 세종대왕과 만날 수 있다. 과제해결형 박물관 나들이 담당인 엄마의 정보다.

인공지능 바둑 프로그램과 한국의 최고 바둑기사의 대결에서 인간이 1승을 했다고 세계가 떠들썩했다. 고래는 그때 초등학교 3학년이었다. 인공지능 세상이 되면 인간은 공부를 하지 않아도 되겠다는 생각에 고래도 덩달아 신이 났었다. 지금은 인공지능이 무조건 좋다고, 혹은 나쁘다고 할 정도로 단순하지 않다는 점을 이해하고 있다.

아무튼 인공지능, AI 세계에서 빅데이터를 딥러닝한 디지털 휴먼 세종대왕을 만나게 될 거다. 세종대왕이 태어난 5월부터 한글날이 있는 10월까지 전시여서 관람 기간이 넉넉했다. 그러고 보니 엄마가 느닷없이 세종대왕에게 질문하고 싶지 않느냐고 묻곤 하던 이유를 알게 되었다. 엄마가 얘기를 끄집어낼 때마다 별 관심을 갖지 않았던 고래가 꼭 다른 사람이 세종대왕과 대화를 하고 나면 기회가 사라질 것처럼 마음이 급해졌다.

디지털 기술이 이런 일까지 가능하게 할 줄은 몰랐다. 핏줄에 테크놀로지가 흐르는 세대인 고래가 이런 기회를 놓치고 싶지 않은 건 당연했다. 디지털 헤리티지, 과학기술과 인문학이 융합되니 황홀한 결과를 만든다.

인근의 예술회관에서 전시되는 한글예술과 연계한 행사

라나. 시너지 효과 어쩌고 하더니 특별 전시 주제에 훈민정음이 들어있는 이유가 그래서일 거다. 퍽 긴 시간 동안 ㄹ 이야기로 이야기꽃을 피운 덕분에 박물관 나들이가 자연스럽게 가족나들이로 이어졌다.

고래는 여름방학 하기 전 자신의 모습이 아득한 옛 일만 같다. 이즈음 가장 하고 싶은 일이 바다에 뛰어드는 물놀이가 아니라 세종대왕과 대화를 하는 거라니. 세종실록을 읽은 덕분에 드디어 세종대왕을 만나면 하고 싶은 질문이 수두룩하게 생겼다. 세종실록을 구경했다던 고래가 어느새 세종실록을 읽었노라고 자신을 세뇌시키고 있었다.

대왕을 보면 고래 자신부터 소개하고 싶다. 고래는 세종대왕이 상상도 하지 못한 미래의 세계에서 온 인물이 아닌가. 어떻게 소개해야 쉽게 이해할까. 고민했다.

디지털 휴먼을 만나는 일은 로그인을 하지 않아도 좋았다. 로그인을 하려면 정보가 필요하고, 소중한 개인정보를 넘겨주면서 스스로 동의하고, 또 동의하는 과정을 거쳐야 하는데, 동의하지 않으면 그 다음 진행이 되지 않으니 강제로 끌려가면서도 눈 깜짝하는 시간보다 더 빨리 동의하곤 했다. 그런 찜찜한 과정이 없어 산뜻하고 깔끔하다.

고래는 세종대왕이 신하들과 만나고 있을 확률이 적은 시간을 선택했다. 장소는 경복궁이다. 초등학교 때 과제 중에 궁궐 나들이가 있었다. 엄마가 얼마나 적극적이었는지 모른다. '우리 같은 평범한 백성들이 궁궐 나들이할 수 있는 이때에 태어난 걸 고맙게 여기라'고 엄마가 고래에게 야무지게 말했지만, 고달프기만 했던 궁궐 나들이였다. 궁궐보다 처음 타본 기차가 더 인상적이었던 체험담을 듣고 기막혀 하던 엄마 모습이 떠오른다. 고래는 지금도 기차를 탔던 그때 일을 참으로 괜찮은 체험이었다고 생각한다. 네비게이션 의존률이 높은 엄마가 서울 지리에 자신이 없다면서 승용차 기사 노릇을 포기한 덕분에 승용차와 상당히 다른 대중교통을 이용할 수 있었다.

기차역 대합실에서는 고래보다 엄마가 더 들떠 있었다. 마치 이 나들이의 절정은 궁궐이 아니고 기차여행이라도 되는 듯이. 엄마는 문화해설사처럼 고래에게 예전의 기차여행과 KTX 여행 비교에 열을 올렸다. 엄마가 일부러 승용차를 거부한 게 아닐까, 의심스러웠다.

엄마는 기차역에서 길게 세워진 기차를 보면 어쩐지 눈물이 핑 돈다고 했다. 엄마가 또 울까 봐 걱정스러웠다. 다행히 엄마는 기차를 처음 타는 고래에 집중한다고 눈물을 잊어버렸다.

"세종대왕님, 안녕하십니까? 대왕님의 신하들이 대왕님의 묘호를 세종이라고 올렸거든요."

"아니, 그대는 누구인고?"

책을 읽고 있던 세종대왕이 박물관 공간에 서 있는 고래를 쳐다보았다. 세종대왕의 눈으로 고래의 키를 보면 어른으로 보일 것이다. 고래의 체격을 보고 4군 6진 개척에 동참할 장수로 보았을지도 모른다. 턱에 수염도 나지 않은 것으로 보아 어른은 아닐 것이므로 세종대왕이 혼란스러울 것이다. 눈길을 떨어뜨릴 때 고래가 만나고 있는 세종대왕이 디지털 휴먼이라는 생각까지 완전히 밀쳐버렸다.

"저는 577년 뒤 세상에서 왔습니다. 올해 나이 지학에 이른 고래라고 합니다. 대왕님을 무척 뵙고 싶었습니다."

고래는 말을 해놓고 너무도 자연스럽게 지학의 나이라고 말해서 웃음이 났다. 중학교 2학년 고래가 공부를 해야 되겠다고 마음먹었으니 딱 지학의 나이였다. 엄마가 얼마나 고맙던지. 엄마는 박물관 나들이 전에 엄마를 대왕이라고 여기고 대화를 해 보라고도 했다. 세종대왕과 대화를 하기 위한 리허설이라니. 박물관에서 막상 세종대왕과 대화를 해 보니 준비 없이 관람하는 사람들이 박물관 측에서 마련해 놓은 질문지를 읽으며 대화 흉내를 내는 것과 차원이 달라서 매우 멋졌다. 대왕과 고래 사이의 장벽은 마이크였다. 마이크를 사용하지 않는 말은 고래의 중얼거림으로 끝나는 게 아쉬웠다.

"대왕님, 500년 훨씬 뒤 세상에는 거의 모든 백성들이 컴퓨터라는 기계를 사용하게 됩니다. 대왕님이 만드신 훈민정음이야말로 컴퓨터 사용에 가장 적합한 문자라는 평을 얻고 있습니다. 사람들은 그런 세상을 컴퓨터와 인터넷을 기반으로 하는 디지털 세계라고 이름을 지었습니다."

"그 디지털 세계가 무엇이더냐?"

고래는 이 순간을 위해 여러 번 이 장면을 되풀이해 연습했다. 엄마는 아무리 여러 번 같은 말을 해도 싫증을 내지 않았다. 15세기 말투를 모방하는 게 몹시 어려웠다. 대왕은 세상에 태어난 그 누구보다 똑똑하다고 고래는 믿었다. 가장 똑똑한 사람에게 덜 똑똑한 사람이 설명을 해야 하는 상황이다. 확실한 것은 어려운 일이긴 하지만 반대의 상황보다는 나을 거라는 거다.

"대왕님, 물이 차오르는 때를 가리키는 자격루의 시계는 물이 차오르는 순간순간을 확인할 수도 있지 않습니까? 디지털 세계에는 물이 어느 선까지 차든지 안 차든지에만 관심이 있습니다."

경복궁 천추전 안내

"네가 그런 세상에서 왔다면 오직 흑백만 염두에 두는 것도 퍽 쓸모가 있는 모양이구나."

"대왕님, 디지털 세계에서는 대왕님이 계시는 이 천추전에서 한 걸음도 나가지 않고도 경복궁 모든 곳을 빠짐없이 눈으로 볼 수 있습니다."

복장도 말법도 다른 고래였으니 틀림없이 다른 세계에서 온 것이 맞긴 하나 그것을 설명하라는 숙제를 대왕으로부터 받았다. 이것 또한 고래가 미리 연습해 두었다. 역지사지로 생각해 보면 이런 궁금증이 일어날 것 같았기 때문이다. 생각할수록 역지사지는 상당히 쓸모가 있는 4자성어다.

"대왕님, 대왕님은 두 달 전에 훈민정음을 창제했다고 신하들에게 말씀하셨습니다. 그리고 최만리 집현전 부제학을 비롯한 여러 명의 선비가 훈민정음 창제에 반대하는 상소문을 올려서 대왕님은 오늘 그들 모두 옥에 가두라고 명하셨지만, 내일은 모두 풀어주라고 하실 것입니다."

"아니, 디지털 세계에서 온 네가 내 마음을 어찌 그리 잘 아느냐? 그 세계는 되고 안 되고만 있다고 하지 않았느냐?"

"대왕님, 제가 577년 뒤 세상에서 왔다고 말씀드렸지 않습니까. 세종실록에 보면 대왕님이 다음날 그들을 모두 풀어주라는 명을 내렸다고 기록되어 있습니다."

"너는 세종실록을 읽었더냐?"

"예, 대왕님. 비록 태종실록이긴 했지만 대왕님께서는 읽고 싶어도 못 읽으셨던 실록을 500년 훨씬 뒤 세상에서는 평범한 저 같은 백성도 컴퓨터로 쉽게 조선왕조실록을 읽을 수 있습니다."

대왕은 컴퓨터로 글을 읽는 뒷세상에 강한 호기심을 가졌다. 고래는 아는 대로 설명했다. 대왕은 다음해에 숭례문을 고쳐짓는 명령을 내리게 될 것이다. 숭례문은 2013년에 화재로 완전히 잿더미가 되었지만 디지털 작업을 해 두었기 때문에 불타기 이전의 숭례문 복원이 가능해서 후손들이 숭례문 원래의 모습을 볼 수 있게 된다.

그리고 무엇보다 대왕과 대화가 가능하도록 만들어 준 것이 디지털 기술이다.

"대왕님, 제가 대왕님을 만나 뵐 수 있는 이런 일을 후손들은 디지털 헤리티지라고 이름을 붙였습니다."

"네 말을 들으니 거기서 학문하는 선비들이 집현전 학사들만큼 열심인 모양이구나."

"대왕님께서는 지난 임자년에 집현전에 관심을 가지실 때보다 집현전을 믿는 마음을 많이 거두지 않으셨습니까?"

"디지털 세계에서 온 너는 모든 걸 헤아리는구나. 그렇지 않느냐."

"제가 대왕님의 마음을 알게 된 것은 세종실록을 읽었기 때문입니다. 대왕님, 저처럼 평범한 백성들도 디지털 세계를 누릴 수 있게 된 것은 디지털 세계의 기본이 된 기술들을 그 누구의 허락도 받지 않고, 누구나 기술을 개발하고 연결할 수 있었기 때문이라고 합니다. 그런데 훈민정음 창제라는 어마어마한 일에 관해서는 세종실록에 자세한 기록이 없습니다. 왜 그렇습니까?"

엄마가 재촉하지 않았으면 세종대왕과 나누는 대화의 세계에 푹 빠져 시간 가는 줄 몰랐을 거다. 홀로그램으로 나타났던 디지털 휴먼 세종대왕은 사라지고 다시 21세기 박물관을 찾은 고래가 엄마를 향해 미소를 지었다. 엄마 곁에는 학예사가 서 있었다. 엄마는 아무것도 하지 않은 학예사에게 연신 고맙다고 인사를 했다. 학예사의 대답이 고래를 어리둥절하게 했다.

"별 말씀을요. 모두 고래 어머니께서 하셨지 않습니까? 저는 단지 데이터 실현을 전문가에게 의뢰한 것밖에 한 일이 없습니다."

고래는 다음에 혼자 박물관에 다시 와야겠다는 마음을 먹느라 엄마와 학예사의 대화에서 관심을 거두었다. 어느 광고에서 인간이 '마음을 먹는다'는 일에 로봇이 놀라는 장면이 있었다. 디지털 휴먼 세종대왕을 만나고 나니 인공지능 로봇이 마음을 먹게 될까 걱정이 된다.

한때는 인공지능 로봇 덕분에 공부를 하지 않아도 될 거라고 얼마나 좋아했던가. 엄마는 과학 덕분에 틀림없이 살기는 편해졌는데 왜 더 바쁜지 그 이유를 모르겠다고 자주 고개를 갸우뚱거렸다.

이맘때 산책을 나갔다가 들어오는 엄마가 자주 동요를 흥얼거린다. 들녘에 옥수수가 여물고 있는 계절이다.

옥수수알 길게 두 줄 남겨가지고, 우리 아기 하모니카 불고 있어요.

엄마가 자주 흥얼거려서 고래도 그 부분은 알고 있다. 이 순간 왜 그 동요가 생각나는지 모를 일이다.

"제일 먼저 할 일은 훈민정음 해례본을 소장하는 일 같네."

엄마가 혼잣말처럼 중얼거렸으나 엄마의 말투로 보아 말리지 말라는 힘이 느껴졌다. 옥수수 하모니카를 흥얼거리던 엄마의 표정이 아니었다. 머지않아 주방 서가에 훈민정음 해례본이 꽂히게 될 것이다.

고래가 대왕에게 도사님에게 배운 조선 중심의 우주관을 물었을 때다. 대왕은 대왕이 믿었던 대로 굳이 조목조목 밝히지 않았어도 대왕의 뜻을 알아준 후손들이 대견하다고 몹시 흐뭇해했다.

"후손 중에는 틀림없이 과인의 생각을 헤아릴 줄 아는 인물이 있으리라 믿어 의심치 않았느니라. 모두 드러내야 그 뜻을 아는 일은 아랫수가 아니겠느냐. 때로는 감추어 둔 것이 더 큰 뜻을 지닌 채 누군가의 헤아림 속에서 그 존재가 드러날 때가 있음을 잊지 말아야 할 것이니라."

대왕에게 미주알고주알 도사님 얘기를 하자 대왕이 감탄하며 그야말로 '달달존존'이라고 말했다.

행간 읽기

"만파식적을 알고 있니?"

고래가 도사님에게 대왕이 달달존존이라 했다고 전하자

도사님은　만파식적을 물었다.　만파식적쯤은 고래도 알고 있다. 신라 신문왕 때 동해안 외딴 섬의 한 그루 대나무를 베어 만든 피리인데, 이 피리는 너무도　신기해

외뿔고래[6]

6) 외뿔고래: 펜화, 「빙하의 만파식적」, 김옥주

서 피리를 불면 병이 낫고, 장마 때 불면 비가 그치며, 가뭄이 들 땐 비를 내리면서 온갖 시름을 잠재워주기 때문에 신라의 보물이 되었다는 굉장한 족보를 가지고 있다.

어떤 의문이 드냐고?

한 그루 대나무라는 게 이상하다.

피리를 불면 모든 근심이 사라진다는 것도 과장이 심하다.

고래가 잔뜩 긴장해서 뜨덤뜨덤 말을 이었다. 체육시간에 평가를 한다고 하면 꼭 손에 착착 감기던 농구공이 배신을 해서 드리블을 망쳐 버리고, 농구 골대 링으로 골인하던 공이 누가 집어내는 것처럼 애만 태우다가 노골이 되어 버리곤 한다. 도사님이 굉장한 시험의 감독관 같다. 겨우 두 가지를 말했을 때 도사님이 정겨운 표정으로 빙그레 웃음을 지었다. 도사님의 그런 웃음은 고래에게 용기를 주었다. 고래는 곧 뜨덤뜨덤을 졸업했다.

대나무가 얼마나 흔한 나무인데 대나무 피리를 나라의 보물로 삼는가.

김유신 장군은 왕의 신하였는데 어떻게 죽어서 천신이 되었는가.

옳지, 옳지 하며 추임새를 넣던 도사님이 손 신호로 고래의 말을 멈추게 했다. 얼마나 놀랐던지 고래는 갑자기 딸꾹질이 나왔다.

"김유신 장군이 천신인 점이 왜 의문스럽지, 고래?"

도사님의 질문이 별 것 아니어서 다행이었다.

"왕이 천신이 되어야지, 왜 신하였던 김유신 장군이 천신이 된 거예요?"

그래서 행간 읽기가 시작되었다. 의문점이 더 없느냐고 물을까 봐 고래는 얼른 행간 읽기에 동의했다. 인터넷에서 회원 가입을 할 때보다 재빨랐다. 그런 고래를 보며 도사님이 또 빙그레 웃었다. 쪽팔려서 숨 쉬는 게 규칙을 벗어나더니 딸꾹질이 멈추었다. 으, 이런 비속어를 떠올리다니. 비록 도사님이 듣지 못했을지라도 쪽팔, 아니 창피했다.

행간 읽기라니. 드디어 어른 세계에 입문을 하는 거다. 어렸을 때 손가락 세 번째 마디에 난 솜털을 처음 발견하던 순간을 잊을 수 없다. 무척 놀랐다. 엄마가 어른 표시라 해서, 얼마나 자랑스러웠는지. 그때 고래는 이미 어른 세계에 입문한 경험이 있다. 그러고 보면 한밤중에 치킨을 주문하는 건 언제든지 해도 되는 게 아닌가.

문득 떠오르는 게 있다. 그즈음이었을 거다. 엄마가 고래나라 방에 오래오래 머물렀다. 그 이후로 엄마가 그 방에 가는 걸 본 적이 없다. 그때도 그 방이 고래나라라는 이름을 가졌는지는 전혀 기억이 없다. 고래를 안아주고 토닥이던 엄마가 하도 사납고 고약한 표정을 지었기 때문에 어쩌다 한 번씩 떠오르는 모습이다. 평소와 너무도 다른 엄마 모습이 무서울 지경이어서 애써 기억에서 지우려고 애를 쓴 덕분이 아닐까. 그 후론 고래가 무엇인가 낯설고 두려운 경험을 할 때면 어쩌다 한 번씩 그때 엄마의 모습이 떠올랐던 것 같다.

그때 엄마의 모습이 생각난다. 긴장감이 온몸을 휩싼다.

행간 읽기. 물론 낯설다. 굉장한 비밀의 문을 여는 것처럼 가슴이 설레기도 한다.

의문을 몇 개나 가졌는지 하는 것보다 그 의문이 얼마나 많은 생각을 하게 하는지가 더 중요하다는 도사님 어록. 잽싸게 행간 읽기를 하자고 동의한 고래의 마음이 다 드러난 것 같아 부끄러웠지만, 한편으로는 고래의 의문이 상당한 수준에 이른다는 뜻으로 들려 기쁘기도 했다.

달달존존하다가 갑자기 만파식적으로 방향이 바뀌었다는 데 생각이 미쳤다. 고래는 그 점부터 해결하고 싶었다. 기이한 신라의 보물인 만파식적을 높여 불렀을 때 만만파파식적이라 한 데서 달달존존에 관한 의문은 간단하게 해결되었다. 달존이란 말은 있어도 달달존존은 없는 말이지만, 대왕이 도사님의 해석에 감동하여 부른 존칭이었음을 이제야 알게 되었다.

고래는 도사님의 빙그레 웃음을 이끌어낸 의문점을 탐구하기 시작했다.

요즘도 모든 얘기를 다 늘어놓을 수가 없을 때가 많다. 때로는 차마 할 수 없기도 하고, 때로는 두려워서 못하기도 한다. 그렇지만 하지 않아도 곰곰이 생각하면 무슨 뜻인지 알 수 있을 때가 있다. 명확하게 밝히지 않아서 의견이 일치하지 않는 문제가 종종 발생하지만. 행간 읽기는 이런 것과 매우 닮았다.

도사님이 삼국유사에 실려 있는 만파식적에 관한 다른 얘기를 들려주었다.

왜군들이 신라의 만파식적을 보고 싶어 했다. 금 50냥에 만파식적을 팔라고 하던 왜군이 금 1000냥에 한 번 보기만 하겠다고 해도 거절당했다. 대나무 피리였다면 왜군이 그토록 절실한 마음이었을까. 틀림없이 대나무 피리가 아닌 다른 재질의 피리였다는 것에 도사님과 고래의 의견이 일치했다. 너무도 큰 보물이기에 대나무 피리라고 표현하며 숨긴 만파식적의 정체는 따로 있다. 행간 읽기 성공.

도사님의 흥미진진한 추리가 시작되었다. 고래가 처음 생각하기에는 추리이지만, 도사님은 도사님이 쓴 논문 내용을 전달하고 있었다. 한 사람의 청중을 위해 도사님은 스마트폰으로 도사님의 자료와 또 다른 자료를 검색해 보여주면서 너무도 열심이었다. 도사님은 그 나이에 검색 솜씨가 남달라서 고래는 또 한 번 놀랐다. 할아버지 세대와 청소년 세대가 세대 차이를 느낀다고 할 때 제일 먼저 입에 오르내리는 말이 정보 이용의 격차다. 그런데 도사님은 고래보다 검색 실력이 뛰어나다. 스마트폰 입력 속도 때문에도 놀랐지만, 도사님의 검색 실력은 놀라움의 단계를 넘어섰다. 도사님은 영어로 검색해서 그 결과를 우리말로 검색한 것처럼 고래에게 들려준다.

영어가 쉽다고, 차라리 영어로 말하는 게 낫다고 겁 없이 내뱉었던 말은 고래가 건방을 떨었던 거다. 건방이었음을 깔끔하게 인정하는 순간이다.

도사님의 자료들은 고래가 한 번도 접하지 못한 희귀자료다. 고래 한 사람이 천 명의 청중처럼 소중하다는 도사님의 말은 도사님의 수업이 밤새도록 계속된다 해도 불만스럽지 않을 것 같았다.

수업 시간에는 마침종이 무척 기다려졌다. 아무리 재미있는 수업이어도 마침종이 치면 재미가 덜했다. 특히 마지막 시간의 마침종은 유난히 기다려졌다. 방과후에 뭐 특별한 일이 있어서도 아닌데, 마지막 시간의 지루함은 절정에 이르렀고, 마지막 시간 후에 담임선생님이 종례를 할라 치면 담임선생님은 학급 아이들의 원망을 각오해야 한다.

그랬건만 마침종이 언제 칠지도 모르는데 지루해 하지 않는 자신을 만나야 했다. 도사님에게서 외뿔고래며, 베링해라는 말이 나오자 얼마나 반가웠는지 모른다. 현대를 살아가는 고래도 낯설기만 한 베링해인데, 이미 신라시대에 북해지로(北海之路)라 하여 오늘날의 오오츠크해와 베링해를 오고갔다는 도사님의 설명 또한 놀라움의 연속이었다. 베링해는 아빠가 해마다 명태잡이를 하러 가는 북쪽 바다다. 고래가 쉽게 경험할 수 없는 얘기가 아빠에게서 쏟아질 때는 바로 그 베링해 바다가 주무대다. 아빠가 좋아하는 바다 고래도 마음껏 볼 수 있다. 아빠 아들인 고래에게는 바다 고래를 좋아하는 유전자도 포함되어 있을 거다. 베링해를 오고가는 고래 중에는 뿔 달린 외뿔고래도 있고, 색깔이 황홀할 만큼 흰 벨루가도 있어서 신비롭기까지 하다. 외뿔고래와 벨루가가 몹시 친하다는 것도 그 바다로 가 보고 싶다는 소원을 갖게 만들었다. 외뿔고래를 영어로 날왈이라 하는데, 날왈과 벨루가 사이에 난 새끼를 날루가라 한다는 정보며, 네 발 달린 고래화석 정보며…… 공유하기조차 아끼면서 훗날 친구들에게 자랑할 목록이다.

지구상에 나타난 동물 중에서 가장 거대한 몸집을 가진 바다 고래. 아빠처럼 바다 고래를 볼 수 있지 않을까 해서 아빠 따라 원양어선을 타 보겠다고 했다가 야단을 맞았다. 좀처럼 화도 잘 내지 않는 아빠가 야단을 쳐서 아주 선명하게 기억에 남아 있다. 명태를 잡으러 간다는 것은 놀이공원에 가는 것과 비교할 수 없는 일이었다. 많은 가족들의 생계가 달린 일이었고, 목숨을 걸어야 하는 문제였다. 바다 고래가 바로 곁에 와서 푸푸거려도 눈길조차 줄 수 없는 삶의 현장이다.

그래도 가고 싶다.

원양어선을 타고서가 아니고 웨일워칭을 위해 베링해에 가고 싶다. 만파식적이 베링해 고래로 방향을 또 바꾸었다. 도사님은 동해안의 연오랑과 세오녀 얘기로 접어들었다. 연오랑 세오녀도 베링해의 고래와 무관하지 않았다. 연오랑 세오녀 설화는 북극지방의 키부크 전설과 통했다. 알래스카 원주민도 한민족과 완전히 똑같은 방식으로 널뛰기를 한다고 했다. 널뛰기? 경험에서 우러나온 이론을 펼치는 노할매 생각. 널뛰기에 다시 도전을 해 보아야겠다. 누가 알겠는가, 널뛰기를 매우 잘하면 알래스카에서 고래를 초청할지. 이 수많은 정보를 다시 들을 수 있으려면 행동으로 옮겨야 했다.

"도사님, 제가 녹음을 해도 됩니까?"

이 요청이 도사님의 열띤 강의 분위기를 잠시 누그러뜨렸다. 누그러뜨린 도사님의 열의 강도가 원래 수준으로 돌아간 것은 순식간이었다. 베링해의 바다 고래 이야기는 사라지고 다시 만파식적이 이어졌다. 녹음도, 사진 촬영도 허락 받았다. 그보다 더 중요한 것은 도사님이 고래와 함께 있는 이 시간이라고 하여 고래를 울컥하게 만들었다.

고래가 말했던 의문들이 화제에 올랐다. 깊이 생각한 끝에 떠올린 의문은 아니었다. 대화를 나누는 동안, 가치 있는 의문은 꼭 깊이 생각하거나 오랜 시간이 필요한 것은 아니라는 결론을 얻었다. 오랜 시간 골똘하게 생각하면 또 다른 가치 있는 의문이 떠오르기야 하겠지만, 깜짝 떠오르는 의문도 평소에 숙성한 시간을 겪은 사람이라야 떠올릴 수 있다고 여기게 되었다.

도사님의 질문에 대답하고, 새로운 의문을 말하고, 도사님의 설명을 듣고……

고래의 의문이 워낙 가치 있다 보니 하루 만에 얘기를 끝내기는 힘들었다. 다음에 만나서 얘기를 이어가는 게 어떠냐고 도사님이 의견을 제시했다. 고래가 마음내켜하지 않자 도사님이 시계를 가리켰다. 도사님의 특징 중 하나는 손목에 시계를 차고 있는 거다. 스마트폰을 자유롭게 사용하면서도 잊어버리지도 않고 꼭 손목시계를 차는 도사님이다. 디지털 세계는 장점이 많지만 문제가 생길 확률이 아날로그 세계보다 더 높다는 게 도사님 생각이다. 디지털 세계에 능숙하게 적응하는 도사님이 옛것을 귀하게 여기고, 옛것이 전하는 얘기에 귀를 기울여야 한다고 강조할 때 무척 멋있어 보였다.

도사님을 처음 만났을 때 도사님이 손목형 스마트폰을 가지고 있는 줄 알았다. 스마트폰이 아니라 손목시계를 차고 있다고 엄마에게 말했더니 엄마는 그 말을 하는 고래를 이상하게 보았다. 시간 개념이 생긴 때부터 스마트폰을 사용한 고래는 아날로그시계도 박물관에서나 볼 수 있을 듯한 골동품이었다.

대화에 몰입한 끝에 도사님과 헤어진 게 조금 전이었는데 벌써 그런 시간을 그리워하는 자신을 발견했다. 아슬아슬하게 전개되던 게임에서 승리했을 때의 짜릿함 쾌감과도 달랐다.

고래는 어쩌다 자신이 이런 생각을 하게 되었을까, 지나간 날들을 되돌아보았다. 이미 지난 시간을 되새김질하는 버릇도 고래에게 최근 생긴 거다. 청소년에게는 미래만 있을 것 같았는데, 분명 과거도 있다. 오늘 대화는 달달존존에서 출발했다. 만파식적이 나왔고, 행간을 읽으려고 노력해야 한다는 말이 나왔다. 행간 읽기. 행간 읽기는 디지털 헤리티지에서 세종대왕을 만나기 이전부터 시작되었다. 훈민정음 창제에 관한 내용이 왜 세종실록에 거의 기록이 되어 있지 않은가, 이 의문이 계속되고 있다. 훈민정음에 관한 관심은 해돋이 '을'이 낳았다. '을'이 고래를 여기까지 데리고 왔다.

그런데 훈민정음에 관한 행간 읽기는 아직 시작도 못했다. 훈민정음이라는 문자 이름은 세종 25년 12월에 처음 나타나지만, 고래가 본 세종실록에는 단서가 많았다. 그러고 보니 고래는 이미 행간 읽기를 하고 있었다. 대견한 일이었다.

세종실록에서 훈민정음 창제와 관련지은 일들을 여러 가지 찾아낸 고래다.

대왕은 언어에도 관심이 많았다. 세종실록에는 통역관들이 한어, 여진어, 몽고어, 왜어에 능통해야 한다는 기사가 무척 많았다. 외국어를 공부하려는 사람들에게 어떻게 기회를 줄 것인가, 어떤 방법으로 외국어를 배우는 것이 효과적인가, 배우고자 하는 사람들을 어떻게 대우할 것인가, 개별적으로 찾은 탁월한 외국어 학습 방법을 어떻게 전파할 것인가 하는 일뿐만 아니라 세자에게 외국어를 어떻게 가르칠 것인가도 고민하고 있었다. 감옥에 갇힌 백성들의 이야기에서도, 아버지를 죽인 백성의 이야기에서도 문자가 필요하다는 의견을 강조했다. 신하들의 격렬하고 오랜 반대에도 불구하고 대왕은 세자에게 대부분의 나랏일을 넘기고 시간을 마련하려고 노력했다.

이 모두가 행간 읽기의 결과다.

대왕의 노력을 모아놓고 보니, 훈민정음 창제에 관해 반대 상소를 했던 최만리를 비롯한 선비들에게 대왕이 왜 그렇게 행동했는지 이해가 조금 되었다. 대왕의 훈민정음 창제는 어느 날 갑작스러운 충동에 사로잡혀 이루어진 게 아니다. 대왕은 자나 깨나 문자가 필요하다고 생각했다. 백성들이 억울한 일을 덜 당하도록 하기 위해서도 백성들을 가르치기 위한, 보다 쉬운 문자가 꼭 필요했다. 백성이 아비를 죽이는 엄청난 일이 벌어진 것도 가르치지 못한 탓이라 여겼음직하다.

대왕은 훈민정음 창제에 반대했던 선비들 중에서 정창손을 벼슬에서 쫓아내고, 김문을 벌금형에 처했다. 벼슬에서 쫓겨난 정창손도 4개월 후에 다시 복직이 되긴 하지만 대왕이 정창손에게 노여웠던 것은 까닭이 있었다. 백성을 가르쳐서 인간답게 살아가게 하고자 꿈꾼 대왕 앞에서 정창손은 가르친다고 달라질 백성들이 아니라고 했던 것이다. 대왕은 정창손이 학문을 하는 자세가 바르지 못함을 꾸짖었다. 김문은 처음에는 훈민정음 창제에 찬성하다가 반대하는 상소를 했기에 나라와 백성을 항상 마음에 두어야 할 선비가 원칙과 신념을 너무 가볍게 여겼기 때문에 죄를 물었다.

대왕의 태도가 감동적이었다.

대왕이 온 정성과 힘을 기울여 문자를 만들었는데, 신하들이 조목조목 잘못을 지적했다. 반대한 신하들을 불러서 대왕은 굳이 신하들의 반대 의견에 학문으로 해명을 했다. 감옥에 가두라는 명령을 하루 만에 거두었다. 반대한 선비들은 상징적으로 감옥에 갇혔을 뿐이었다. 훈민정음 창제로 조선의 올곧은 뜻을 세우고 백성을 위하겠노라는 대왕의 정책에 정면으로 반대했음에도 정치적인 박해는 전혀 없었다. 멋진 일이었다.

그렇게 생각하고 있을 때 도사님은 또 다른 행간 읽기를 하고 있었다. 조선 중심의 우주관에 바탕을 둔 훈민정음 창제가 그것이다. 어쩌다가 홀로 한 행간 읽기의 결과가 어느 정도의 수준인지 판가름할 때가 왔다. 행간 읽기의 매력이 은근하고 오래 지속되어 어렵고 힘든 일이니 피해야겠다는 생각은 들지 않았다. 도사님과 함께하는 행간 읽기가 또 어떤 보람을 느끼게 할지 기대가 되었다.

일단 이즈음에서 행간 읽기를 멈추고 다음에 다시 이어서 하자고 했을 때 도사님은 엄마의 걱정을 이유로 들었다. 고래의 귀가가 늦어서 엄마가 몹시 궁금해 하고 있을 거라고. 시간이 많이 늦어져서 도사님이 고단할까 염려는 했어도 엄마 걱정은 되지 않았다. 엄마는 요즘 고래가 전에 없이 몰두하고 있는 일을 대견스러워 하고 있었다. 고래가 빠져 있는 게 게임도, 괜한 웹서핑도 아니었으니 그렇기도 할 거다.

도사님이 방금 도사님 휴대폰으로 온 문자를 읽으며 말했다.

"아빠도 고래가 그만 쉬었으면 하는 모양인데."

도사님이 왜 휴대폰을 보며 아빠 생각을 했는지 모르겠다. 엄마가 걱정하면 엄마 걱정을 덜어주려고 노력하는 아빠 모습이 엄마와 함께 겹쳐졌다.

도사님은 순순히 고래를 돌려보내지는 않았다.

왜 훈민정음에서는 모음과 자음이라는 이름을 붙였을까.

부음이 아니고 모음이야

집에 들어갔을 때 엄마는 고래를 기다리고 있었지만 아무것도 묻지 않았다. 고래가 집에서 뛰어나올 때 누구를 만나러 가는지 알렸었다. 누구를 만났는지는 당연히 궁금하지 않을 것이지만 이렇게 늦은 시간까지 무슨 얘기를 했을지는 엄마가 몹시 궁금할 텐데도 조용하게 있었다. 다만 엄마는 잘 자라는 인사는 잊지 않았다. 주방 책상에 앉아 펜화를 그리고 있는 엄마를 뒤로 하고 고래는 제 방으로 들어갔다. 엄마가 독서가 아니라 펜화를 그리고 있다는 게 엄마의 평안 수준을 짐작하게 만든다.

녹음해도 좋다고 허락받았지만 다시 듣기는 하지 않았다. 얼마나 집중했던지 에너지가 모두 방전되어 바닥이 드러났다. 도사님의 설명을 이해하려고 최선을 다했다는 생각으로 만족감이 들었다. 녹음한 건 엄마에게 들려줄 생각이다. 엄마가 묻지 않았어도 고래는 대답할 작정인 거다.

고래는 방에 들어서자마자 고래를 부르는 엄마 목소리를 들었다. 엄마의 목소리 높이로 보아 씻어야 할 것 같다. 요즘의 씻기는 너도나도 철저하다.

몸에 걸쳤던 옷을 급하게 제거했다.

빨리 침대에 눕고 싶은 생각에 벗은 옷가지는 아무렇게나 던져두었다. 여름은 옷을 입는 게 아니라 걸친다는 말이 어울리는 계절이다. 열대지방 부족들의 옷이 왜 간편한지 이해가 된다. 침대에 벌러덩 누웠다.

엄마에게 녹음파일을 전송했다. 곧 주방 쪽에서 소리가 들려왔다. 이번에는 고래가 엄마를 불렀다. 엄마가 이어폰을 사용하는지 다시 세상이 고요해졌다.

지금부터 아무의 방해도 받지 않고 오로지 에너지를 충전할 작정이다. 눈을 감았다. 감은 눈앞에서 춤추는 부음(父音)과 모음(母音)을 보았다. 어지럽다. 눈에 잔뜩 힘을 주었다. 부음과 모음은 시간이 흘러가는데도 사라지지 않았다. 생각하지 않으려고 애를 쓰자, 부음과 모음은 더 선명하게 고래의 뇌리를 파고들었다. 졌다.

스마트폰으로 검색을 시작했다.

훈민정음의 중심 모음은 천지인이다. 부음이 아니고 모

음이다. 모음과 자음에 익숙해져 있어 의문 비슷한 것도 생기기 않았다. 고래가 고래의 이름이기 때문에 자연스럽게 고래라 불리는 것은 엄마, 아빠가 고래라고 부르고 싶었기 때문이다. 대왕이 부음이 아니라 모음으로 부르고 싶었을 거다. 그렇게 하고 싶어서라는 답은 공부하는 자세가 아니라는 말을 들었다.

의문은 생긴다. 조선 시대, 특히 임진왜란을 겪고 난 뒤 조선 후기에는 사회 전반에 많은 변화가 일어났다고 했다. 그 중 한 가지가 남자를 귀하게 생각하고 여자를 천하게 여기는 남존여비 사상이 깊어졌다고 했다. 고려시대에는 조선시대보다 남녀가 평등했고, 그 이전 신라시대는 더욱 남녀를 차별하지 않았다고 배웠다.

그러나 조선왕조가 신라를 지나고 고려를 부정했다면 모음이 아니고 부음이라 했어야 맞지 않을까. 임진왜란 후의 남존여비는 갑자기 시작된 것이 아니었을 테니까. 대왕의 시대가 조선 초기이긴 했지만 이미 고려와 다름을 외치고 난 뒤였다. 남성 중심 사상이 시작되었을 때다. 초기이니까 더욱 강조해야 되지 않았을까.

조선은 아버지와 아들의 관계에 집중한 사회다. 아니 외할머니는 지금도 외가에서는 외할아버지가, 고래네 집에서는 아빠가 집안의 기둥이라고 한다. 엄마가 외할머니의 말에 강하게 반대를 해도 외할머니의 생각은 조금도 흔들

천지인 키보드

리지 않았다.

왜 부음이 아니고 모음으로 이름을 붙였을까. 부음과 자음이 아니고, 모음과 자음이다. 훈민정음에서는 부자관계가 아니고 모자관계에 더 관심을 가졌다고?

천지인, 무척 낯익은 말이다.

천지인 자판. 대왕이 기본 모음을 천지인으로 했을 때 디지털 세계에서도 으뜸 자판으로 선택될 줄은 생각하지 못했을 거다. 컴퓨터 세계에서 한민족이 앞설 수밖에 없는 이유로 양손을 골고루 사용하는 컴퓨터 자판을 손꼽는 일이 있다. 왼손, 오른손, 왼손, 오른손. 양손을 번갈아 사용하니 능률적이다.

양손을 쓰면서 양손의 한 손가락만 사용하는 놀라운 친구도 있다. 이 친구의 주변엔 유달리 어른들이 포진해 있다. 가정기술 시간에 가족을 배울 때였다. 이웃나라 중국에서는 421가족체제가 되었다고 했다. 아이 1에 부모2, 부모의 부모4. 아이1은 거의 황제 대접이어서 소황제라 한다나.

황제 대접이 그리 부럽지 않은 이유 중 하나는 한자를 사용하기 때문이다. 한자는 슬쩍 건너다보기만 해도 눈앞이 캄캄해진다. 엄마랑 역사 공부한다고 한자놀이를 좀 했었다. 그때 한자가 아닌 한글로 문자생활을 하는 게 얼마나 다행스러웠는지 모른다.

친구는 중국의 소황제나 된 것처럼 어른들에 둘러싸여 있다. 특이하게도 친구를 둘러싸고 있는 어른 중에는 컴퓨터에 능한 사람들이 여럿이다. 그 어른들의 공통점은 양손가락 타법을 사용한다는 거다. 그 장면이 신기해서 어찌된 일이냐고 친구에게 물었더니 독수리 타법이 아니면 식구로 인정을 안 해 준다나. 더 신기한 것은 양손 타법의 평범한 속도보다 빠르다는 거다. 다른 친구들의 놀림과 비웃음과 부러움 속에서도 그 친구는 당당하고 뻔뻔하게 양손가락 타법을 고칠 생각을 않는다. 하긴 스마트폰으로 천지인 자판을 사용할 때는 양손이 아니라 한 손 엄지만으로 충분한 사람이 많으니 양손가락 어쩌고도 필요 없다.

천지인이 부음이든 모음이든 전혀 상관없이 컴퓨터든 스마트폰이든 자판 위에서 손가락 춤은 능숙하고 자유롭게 펼쳐졌다.

질문을 받고 보니 왜 모음일까가 궁금하긴 했다.

이번에 도사님은 자연우주를 어머니로 생각하는 도가 사상을 힌트로 주었다. 고래의 머리에 유불선 사상이라는 말이 스치고 지나갔다. 유교, 불교, 선이 도교라고 했던가. 도교가 뭔가. 이건 쉬워도 너무 쉬운 작업이다.

포털사이트에 접속했다. 검색어

ㄷ · ㅡ ㄱ · · ㅡ

도교, 터치. 엄청난 분량의 글. 그것보다 더 엄청난 것은
틀림없이 한글로 기록되어 있는데 무슨 말인지 모르겠다
는 거다. 쉽다니. 결론을 너무 성급하게 내렸다.
여기서 포기할 수는 없다. 도교로 검색된 웹문서를 차례
로 터치했다. 웹문서에서 '찾기'를 했다. 검색어 입력.

ㅇ · ㅣ ㅁ · ㅣ 니

이동, 터치. 이 웹문서, 0/0. 저 웹문서 0/0. 점점 절망적
이 될 즈음에 1/1 문서를 찾았다.

만물의 어머니.

전혀 도움이 되지 않았다.
웹문서에서는 만물의 어머니, 도사님은 자연우주를 어
머니.
공통점이 있다. 어머니다.
고래의 어머니, 말해놓고 보니 어색해서 입이 간질거린

다. 같은 사람을 가리키는 말이 이렇게 다른 느낌을 줄 수도 있었다. 엄마도 외할머니를 엄마라고 불렀다. 외할머니는 노할매를 엄마라고 불렀다. 고래의 노할매를 엄마는 할매라고 부른다.

누구누구의 어머니라는 말과는 다르게 음악의 어머니, 현대 미술의 어머니, 이런 게 있다. 모두 남자들이다. 물론 이런 때의 어머니는 그 주인공이 여자처럼 생겨서도 아니고, 어머니처럼 인자한 성품이어서도 아니다.

"엄마!"

갑자기 고래가 큰 소리로 엄마를 불렀다.

"숙제는 내일 하고. 자자, 고래야."

엄마가 오늘 할 일을 내일로 미루라고 한다. 엄마가 이렇게 너그러운 말을 할 때가 종종 있다. 엄마가 자라고 하니 그제야 엄마를 왜 불렀는지 알겠다. 자연우주가 왜 어머니라 했는지 묻고 싶었다. 엄마에게도 숙제가 된 게 틀림없다. 고래는 동지로서 엄마를 향해 웃음을 지었다. 그래, 자는 거다.

"엄마, 잘 자!"

한동안 하지 않았던 인사다. 또 간지러움이 밀려온다.

유치원에 다닐 때는 '다녀오겠습니다' 인사만으로도 유치원 등원 차까지 배웅 나온 엄마를 활짝 웃게 했다. 학년이 올라갈 때마다 일상 인사가 하나둘 생략되기 시작하더니 요즘 하는 인사는 '학교 다녀오겠습니다, 다녀왔습니다' 정도다.

유치원에 다닐 때는 화장실에서 휴지를 사용할 때도 한 칸만 뜯어서 사용했다. 길을 건널 때는 한 팔을 높이 들며 엄마까지 따라하게 했고, 그러고도 횡단보도 좌우를 살폈다. 선생님이 검지를 입술에 갖다 대면 바로 입을 다물었고, 하루 중에서 가장 많이 하는 말은 '예, 엄마'였다. 그랬던 것이 언제부터인가 화장지를 손에 둘둘 말아서 사용하고, 잽싸게 도로를 살펴서 가까이에 차가 없으면 무단으로도 횡단을 했다. 다른 사람들의 소곤거림도 소음으로 들리는 장소에서도 친구를 만나면 거리낌 없이 떠들었고, '예, 엄마'는 '왜, 엄마'로 바뀔 때가 훨씬 많았다.

고래는 오랜만에 엄마 생각을 했다.

아들이 중학교에 입학하면 아들은 멀리 떠나가고 먼 곳에 사는 소년이 집으로 찾아와 홈스테이를 한다는 말을 들었다. 아들이 눈에 보이지 않으면 불안하다가도 아들이 눈앞에 있으면 불편해진다고도 했다. 아들은 장가가면 남의 집 아들이 되니까 고래 동생이 있어야 한다고 외할머니는 드러내놓고 엄마를 들볶았다. 그럴 때마다 엄마는 고래 동생이 여동생이라는 보장만 있으면 시도했을 거라고 대꾸했다.

할머니 산소에 가면 아빠는 지금도 눈시울이 붉어진다.

아빠가 잠꼬대로 엄마를 찾은 날은 엄마가 유난히 아빠에게 다정하다. 그때는 고래의 엄마가 아니라 아빠의 엄마 같다.

"당신, 꿈에 어머니 봤어?"

엄마가 아빠에게 지나가는 말처럼 물으면 아빠도 별일 아닌 것처럼 대답하지만 어떨 때 보면 얘기하다 말고 아빠가 슬며시 방으로 들어가 버린다. 그럴 때 엄마는 아빠가 왜 그러는지 알고 있는 것처럼 아무것도 궁금해 하지 않는다. 그런 아빠가 방에서 무얼 하는지 본 것은 열린 문 앞을 지나가다가 힐끗 방향을 돌렸기 때문이었다. 아빠가 울고 있었다. 당황스러웠다.

엄마는 아빠가 할머니 꿈을 자주 꾸는 것은 폭풍우 치는 바다가 무서워서일 거라고 풀이했다. 그 말을 하는 엄마 표정을 보면 아빠보다 엄마가 더 무서워하는 것 같다. 이런 엄마 표정은 고래가 애써 지우려고 한 바로 그 모습이 떠오르게 해서 싫다. 엄마의 험악한 표정 때문에 감히 엄마 가까이 못 가기도 했지만, 엄마는 고래가 곁에 있어도 몰두하고 있는 것은 고래가 아니라 다른 일이었다. 엄마까지 고래를 두고 어디로 가버릴까 극도로 불안해졌다.

아빠가 배를 타지 말았으면 싶다. 그래도 아빠가 작은 배가 아니라 큰 배를 타서 조금은 안심이다. 고래가 이런 말을 하자, 엄마는 배가 작으면 먼 바다로 나가지 않으니까 상대적으로 더 안전하다고 해서 큰 배를 타는 아빠가 고래를 불안하게 만들었다. 할아버지, 할머니는 그 작은 배를 타고서 사고를 당했다. 내년에는 무슨 일이 있어도 아빠가 배를 타는 일은 베링해행으로 끝나게 하고 싶다. 해적이라는 말만 들어도 깜짝 놀라는 엄마를 볼 때마다 마음이 너무 무겁다. 내년이면 고래도 중3이다. 고3만큼 힘을 쓰진 못하겠지만, 중3의 힘을 최대한 발휘해 볼까 한다.

아침에 일어나니 엄마가 밥을 하고 있었다. 밥 냄새가 좋다. 다정하기까지 하다. 언제나처럼 엄마가 주방에서 밥을 하고 있을 뿐인데 새삼스럽다. 고래가 엄마에게 다가가 뒤에서 엄마를 껴안았다. 엄마보다 머리 하나 정도가 큰 고래의 품으로 엄마가 쏙 들어왔다. 고개를 숙여 엄마 어깨에 턱을 올려놓고 엄마 냄새를 맡았다.

"엄마, 잘 잤어?"

민망하지 않았다. 간질거리지도 않았다. 민망해 한 사람은 오히려 엄마다. 엄마가 물에 젖은 손을 뒤로 돌려 고래의 엉덩이를 툭툭 쳤다. 기지개를 켜며 나오던 아빠가 놀라 소리쳤다. 그제야 고래가 엄마를 놓아주었다.

밥을 먹으면서부터 다정한 가족에서 열공분위기 가족으로 바뀌었다.

고래만 도사님 훈민정음 관련 파일을 읽은 게 아니었다. 아빠가 없었으면 들을 귀가 부족할 뻔했다. 부음이 아닌 모음을 택한 대왕의 의도에 관해 고래와 엄마가 일치된 의견을 말했다. 아빠는 다투어 전달하는 모자의 설명을 그저 감탄사만 연발하며 들었을 뿐이다.

숭유억불이 아니고 숭유숭불이 맞지 않을까 생각했던 고래다. 그렇다면 이제는 숭유숭불에 숭도도 더해야 하는 거 아닌가 하는 계산을 했다.

세종 시대에는 계산도 잘했다. 천문 계산을 잘한 덕분에 정초, 정인지 같은 학자들을 중심으로 천문관측기기가 만들어지고, 오늘날 과학으로 분류되는 책들이 줄줄이 만들어졌다. 디지털 휴먼 세종대왕을 만났을 때 고래가 그런 얘기를 했었다.

디지털 세계에서도 계산을 잘한 덕분에 컴퓨터가 탄생했고, 인간의 뇌 읽기를 시도했고, 인공지능의 세계에도 도달했다. 디지털휴먼 세종대왕은 세종 시대에 만들어진 모든 책들을 딥러닝했을지도 모른다. 고래의 설명에 대왕은 쉽게 고개를 끄덕였다.

엄마의 독후 전달이 이어졌다. 사람이 하늘을 객관적인 존재로 놓고 우주를 생각할 수도 있고, 인간 자신을 중심으로 스스로를 돌아볼 수도 있다.

엄마의 이 말은 점점 깊이를 더해 전달되었다.

천, 지, 인은 하늘, 땅, 사람을 뜻한다. 하늘은 태양과 달로도 해석할 수 있다. 이 세 기본 모음을 보면 하늘을 위해 땅이나 사람이 있거나 땅을 위해 하늘이나 사람이 있는 것이 아니다. 마찬가지로 사람을 위해 하늘이나 땅이 있는 것도 아니다. 하늘과 땅이 나란히 쓰이는 경우 〈ㆍㅡ〉〈ㅡㆍ〉나 하늘과 사람이 아래위로 쓰이는 경우 〈ㅣ〉〈ㅣ〉, 이런 모음이 쓰이지 않은 이유를 도사님은 이렇게 설명했다.

도사님의 숙제는 왜 모음이냐 외에 또 있었다. 천지인 중에서 하늘과 사람은 두 번씩 사용하는 모음도 있는데 왜 땅은 오직 한 번만 사용했을까. 힌트가 있었다. 옛사람들이 대지의 어머니라는 말을 사용했는데, 사람과 땅의 관계를 일체로 이해하지 않았을까. 도사님의 힌트는 도움이 되지 않았지만, 아빠의 박수와 함께 엄마와 고래가 같이 생각하니 탐구에 훨씬 깊이가 더해지긴 했다. 모둠활동은 이래서 좋은 거다. 엄마는 집단지성이니 뭐니 그런 말을 했지만 고래의 눈높이로는 모둠활동이다.

열심히 듣던 아빠가 결론을 말했다.

"천지인은 조선의 하늘이고, 조선의 땅이며, 조선 민족을 뜻한다."

아빠가 숟가락으로 땅, 땅, 땅 소리를 냈다.

오늘 밥상머리의 주제는 왜 부음이 아니고 모음인가가 아니었나?!.

엄마, 아빠랑 아침을 반찬 삼아 부음이 아니고 모음인 이유를 먹었다. 입가심으로 등장하던 과일도 차도 없었다. 엄마에게는 그런 질 높은 후식을 생각할 겨를이 없었고, 고래에게는 숙제를 해결한 뒤의 나른함이 몰려왔다.

방으로 들어와 침대에 벌러덩 누웠다. 침대에 벌러덩 눕는 것은 언제나 기분이 좋았다. 요 며칠 동안은 에너지가 고갈되었다는 생각에 침대를 찾는다. 침대에 누워서도 편안하게 쉬는 게 아니고, 깊은 의문에 빠져 있다. 그렇더라도 잠부터 자는 게 우선이다.

훈민정음을 만든 세종대왕이 위대한 이유는 아무리 빅데이터를 딥러닝한 인공지능 무엇이라도 전기가 공급되지 않으면 재활용창고에 들어갈 고철에 지나지 않기 때문이다. 어느 날 갑자기 태종의 셋째 왕자 충녕대군 이도가 세자가 되고, 두 달 후에 왕이 된 것이라든지, 효심이 지극한 세종대왕의 건강을 지켜주려고 아버지 태종이 세종대왕에게 고기를 먹게 하려고 노력한 것들이 결국 모두 훈민정음 창제와 연결이 되었다. 훈민정음 덕분에 고래네 집에서는 부음이 아니고 모음인 이유를 설명하려고 진지한 밥상머리 토의가 있었다.

엄마, 아빠의 대화 소리가 자장가처럼 들렸다. 어떤 글에서 잠을 재우지 않는 고문이 있다고 했다. 잠을 안 재우는 고문을 당했나 의문이 들 만큼 잠이 쏟아졌다. 잠에 막 빠져들 때쯤인가. 꿈처럼 이제 고래에게 얘기할 때가 되지 않았을까, 하는 소리가 들렸다.

도사님을 만나기 위해서는 충전은 기본이다.

ㄱ이 1순위인 까닭

이번엔 ㄱ이다.

고래가 이렇게 영특한 학생인 줄 처음 본 순간에 이미 알아챘다면서 도사님이 몹시 기뻐했다. 무슨 일로 영특한 학생에 등극했는지는 모르겠으나 고래는 우쭐해졌다.

왜 자음 중에서 ㄱ이 제일 앞에 오게 되었는가.

도사님은 곧잘 '당연히 그럴 것이다'를 놓고 질문을 했다.

당연히 그럴 것이기 때문에 의문을 가져본 적이 없었다. 공부는 당연히 그런 것을 보면서 왜 그런지 의문을 가지면서 시작될 때가 많다는 것이 도사님 어록에 포함되어야 한다. 도사님 어록 분량이 한없이 늘어나고 있다. 이러다가 어록까지 공부해야 되는 건 아닌가.

천지인이 부음이 아니고 모음인 이유에 관해 온 식구들이 모둠활동까지 했던 터다. 어머니 소리, 모음을 생각하고 읽고, 또 생각하고 읽고, 그리고 말하고 또 말했다. 아빠에게 세종실록을 전달할 때 절실히 느낀 것은 생각한 것이 글이나 말로 표현되어야 비로소 정리가 되고, 제 것이 된다는 거다. 입에 뱅뱅 돌긴 하는데 막상 말을 해놓고 보면 처음 표현하고 싶었던 내용이 아닐 때가 있었다. '말로 표현할 수 없는'이라는 말이 어찌 필요하지 않을까.

스스로 많이도 연습한 셈이다. 스스로 했다. 누가 시키지 않았는데 스스로 한다는 것은 하나에 하나를 더했을 때 얻을 수 있는 산술적인 힘의 합이 아니라는 말도 무슨 뜻인지 실감했다. 수업 시간에는 아하 하면서 깨달았던 것을 시험 칠 땐 헷갈리기 마련이었는데, 요즘 깨닫는 것들도 그렇게 될까 걱정스럽다.

뭐라고 대답할까 고민스러웠다. 도사님은 재촉하지 않고 기다렸다. 영특한 학생으로 등극하기 무섭게 보통 학생이 되고 싶지 않아서 고르고 또 골라서 대답했다.

"자음을 대표하기 때문입니다."

"과연 고래구나. 모음 공부를 활용하다니. 그런데 왜 자음을 대표한다고 생각하니?"

자음의 기본 소리는 ㄱㄴㅁㅅㅇ, 이렇게 다섯 자다. 차례대로 아음(어금닛소리), 설음(혓소리), 순음(입술소리), 치음(잇소리), 후음(목구멍소리)이다. 기본 자음에 획을 더하면, 곧 가획을 하면 다른 자음이 만들어진다. ㄱ은 어금닛소리로 제일 처음 나오는 자음이다. ㄱ이 1순위인 까닭이 아닌 것 같긴 했지만 더 적절한 답이 생각나지 않았다. 도사님에게 들릴 듯 말 듯 조그맣게 말했다.

"기본 자음 중에서 어금닛소리를 제일 먼저 설명했습니다."

대답을 하고 보니 '습니다'체를 사용하고 있다. '도사님, 뵙게 되어 영광입니다.' 문자를 보낼 때 '습니다'체를 사용했었다. 그땐 고래가 최대한 점잖게 표현하고 싶어 선택한 거였다. 지금은 점잔을 생각할 여유가 없었다. 정답이 아니라는 생각으로 겨우 입 밖으로 소리를 냈다. 도사님이 고래의 대답에서 행간 읽기를 해 주었으면 하는 간절함이 있었다.

"그러니까 고래, 왜 ㄴ이나 ㅁ은 아니고, ㄱ이 제일 처음에 설명된 걸까? 세종대왕의 어떤 의도가 있지 않았을까?"

답이 아닌 줄은 이미 알고 있었다. '어금닛소리니까 제일 처음 나온다'라는 말보다는 좀 괜찮은 답이었다고 스스로를 위로 했다. 어금니가 왜 제일 먼저 나와야 하는지 설명할 자신이 없었다. 식구들이 기다리고 기다리던 친척 동생의 이, 아기 이가 나오는 순서만 보더라도 어금니가 아니고 앞니가 먼저다. 발음기관을 본떠서 자음을 만들었다고 했다. 발음기관 평면도를 본 적이 있다. 입속 모습까지 들여다볼 수 있어야 만들어지는 형태가 자음 기본소리 다섯 글자다. 소리가 나는 곳은 입이고, 제일 바깥에 있어 눈에 잘 띄는, 입술을 본뜬 ㅁ이 제일 먼저 나와도 되는 일이긴 했다.

영어보다 어렵게 여긴 한자어도 아닌 한문을 도사님이 고래에게 보여주었다.

天母子君(천모자군)

마침 읽을 수는 있었다. 천지인 모음 중에서 천이 먼저 나오는 것은 모음, 곧 어머니가 하늘이라는 것을 의미한다. 고래가 얼른 뒷말을 이었다.

"ㄱ이 어머니의 아들(子)이라는 의미가 있기 때문이에요?"

"옳지. 그렇지. 그런데 왜 그런 생각을 했을까?"

간밤에 엄마 생각을 많이 했던 고래다. 어머니가 나오면 아들이 뒤따르지 않을까 하는 생각이 들었을 뿐이다. 하늘이 어머니라는 도사님의 말에 천모 다음 글자가 아들 자(子)이니 아들 얘기가 나와야 한다는 것까지는 금방 생각했지만, 그 다음에 왜 임금을 뜻하는 군(君)이 나와야 되는지는 설명할 길이 없다.

이렇게 말이 막히면 또 도사님이 숙제로 돌릴지 모른다. 숙제하는 재미가 남다르기는 했다. 아예 답을 생각해 내기로 작정을 하니 오히려 마음이 편했다.

"세종대왕은 초성을 어떻게 소리 내야 하는지 설명하면서 제일 먼저 군(君)을 예로 들었다. 이렇게 하여 ㄱ이 제일 첫 자리를 차지하게 되었다."

첫 자리로서의 ㄱ은 도사님이 고래에게 내 주는 숙제가 아니었다. 숙제 아닌 것이 반갑기도 했다.

"ㄱ의 첫 자리는 훈민정음이 창제되고 나서 100년쯤 뒤에 『훈몽자회』에서 자음의 순서를 바꿀 때에도 그대로 지켜졌다. 그 책을 지은 최세진이 세종대왕의 뜻을 받든 것이다. 1933년 한글맞춤법통일안이 만들어질 때도 ㄱ이 첫자리가 되어 오늘날까지 그대로다."

도사님은 천천히 ㄱ의 역사를 말해 주었다. 500년에 걸친 ㄱ의 역사를 알게 되었다. ㄱ의 역사는 첫자리의 의미를 새겨야 할 이유가 되어 주었다. 고래는 도사님의 설명 사이사이로 행간 읽기를 시도했다. 천은 하늘이면서 태양이기도 하고 달이기도 하다고 했었다. 태양의 여신. 익숙한 구절이다. 여신이니 아들을 낳는 게 자연스럽다. 그런데 이건 이미 했던 말이다. 어머니가 나오니 다음 순서는 아들이다. 그래서 자음이 되는 것까지는 알겠는데 그 다음으로는 좀처럼 넘어가지질 않는다.

중국의 부성적 하늘, 조선의 모성적 하늘. 그리고 아들 소리, 자음. 생각의 길은 '군'에 이어져 있다. '군'은 임금이다.

"도사님, ㄱ으로 시작되는 글자가 많은데, 굳이 '군'을 선택한 것은 훈민정음을 임금이 만들었기 때문입니다."

"아주 훌륭! ……?"

이 상황이 낯설지 않다. 처음 해돋이 '을'을 감상했을 때 도사님이 '!, ?, .'를 차례로 사용했었다. 도사님의 표정은 물음표였다. 고래가 마침표를 찍을 차례지만 눈길을 떨어뜨릴 뿐이었다

『훈민정음 해례』의 모음, 자음 설명 순서는 'ㄱ, ㅋ, ㆁ, ㄷ, ㅌ, ㄴ, ㅂ, ㅍ, ㅁ, ㅈ. ㅊ, ㅅ, ㆆ, ㅎ, ㅇ, ㄹ, ㅿ, ·, ㅡ, ㅣ, ㅗ, ㅏ, ㅜ, ㅓ, ㅛ, ㅑ, ㅠ, ㅕ'이다. 도사님이 스마트폰을 검색해 자료를 보여주었다. ㄱ이 제일 앞에 있는 것은 이미 알고 있다. ㄱ이 왜 1순위냐고!

도사님의 설명은 훈민정음 해례 자료를 보여주는 것으로 끝이 났다. 천모자군(天母子君) 사상은 중학생이 감당하기에는 지나치게 깊고 넓다고 했다. 고래는 조금 섭섭했다. 지금까지 도사님은 중학생 고래를 경험이 부족한 중학생이 아닌 한 사람의 인격체로 대하는 것 같아서 우쭐했는데, 중학생으로 돌아가려니 억울한 생각이 들었다. 도사님이 고래 마음을 어루만져 주었다. 천모자군(天母子君) 사

상을 깊이 생각하면서 읽어보면 도사님이 그런 말을 해야 하는 이유를 알 수 있을 거라 했다.

고래는 마음이 급해졌다. 도사님 앞에서는 좀처럼 끄집어내지 않는 스마트폰을 만지기 시작했다. 도사님의 포털 카페에서 한글나라로 들어갔다.

도사님은 바닷가 산책을 할 거란다. 도사님이 같이 가자고 해도 따라갈 생각이 없었지만, 도사님은 혼자서 허위허위 걸어갔다. 도사님은 날마다 바닷가 산책을 한다. 누가 하루라도 책을 읽지 않으면 입안에 가시가 돋는다고 했다는데, 도사님은 하루라도 바닷가를 걷지 않으면 발바닥에 가시라도 돋는가 보다.

잠시 도사님의 뒷모습을 물끄러미 바라보다가 다시 스마트폰에 집중했다. 도사님의 포털 카페에 자주 접속한 덕분에 메뉴를 보는 길 찾기에 능숙했다. 카페에는 워낙 많은 주제들이 있어서 겨울방학엔 그 메뉴에 일일이 다 들어가 보려는 원대한 계획을 세웠다. 하지만 천모자군에 관한 글 한 편을 몇 줄도 읽지 않아서 앞이 캄캄해졌다. 무슨 말인지 알 수가 없었다. 글을 다 읽는 동안 드문드문 이미 알고 있는 내용이 있다는 게 반갑기는 했지만 이해를 하는 데는 도움이 되지 않았다. 퍼즐 맞추기와 완전히 달랐다. 세종실록 읽기와는 비슷했다. 중간에 읽기를 그만 두었다는 걸 자신의 마음에 새기고 싶지 않아서 기를 쓰고 끝까지 읽어 내려가긴 했다. 막막했다.

비로소 질문을 할 수 있다는 것과 아무런 질문을 만들어 내지 못하는 것과의 내용 이해 차이를 확실히 알 수 있었다. 도사님이 천모자군 사상을 뒤로 미룬 뜻도 짐작할 수 있었다.

도사님 생각이 났다. 도사님은 고래가 할 행동을 미리 짐 작했던 것일까. 도사님과 함께 있다는 게 이렇게 큰 위로가 될 줄이야.

도사님은 어디까지 산책을 다녀올 작정인가. 휘 둘러보아도 도사님이 보이지 않았다. 다시 먼 곳을 훑어보았다. 그래도 도사님이 보이지 않았다. 도사님이 산책을 떠난 방향으로 조금씩 걸어가 보았다. 어느 정도 걸어도 도사님이 보이지 않아서 고래의 걸음은 거의 달리기로 바뀌었다. 모퉁이를 돌 때 어디선가 악기 소리가 들리는 것 같았다. 파도소리와 다른 선명한 악기 소리다. 누군가 바닷가에서 연주를 하고 있다. 퍽 청아한 소리다. 귀를 기울였다. 고래는 자신도 모르게 악기 소리가 들리는 방향으로 발걸음을 옮기고 있었다. 지금은 연주 감상 시간이 아니라 도사님을 찾아야 할 때다.

악기 소리가 들리는 방향으로 걸음을 옮겼는데 멀리 도사님이 눈에 들어오기 시작했다. 좀 더 가까이 가서 보니 도사님이 입 언저리에 두 주먹을 올려 두었다. 더 가까이

가니 조금 전에 연주라고 들었던 악기 소리는 도사님이 내는 소리였다. 도사님이 언제 악기도 챙겼구나, 싶다. 고래가 바싹 가까이 가자 도사님이 입에서 손바닥 반만 한 크기의 돌을 뗐다.

"역시 돌피리를 부니 고래가 오는구나."

고래가 묻기도 전에 도사님이 악기에 관해 말하기 시작했다.

돌멩이는 해변에서 주운 것이다. 구멍이 뚫려 있다. 세월과 파도와 조개가 합동으로 만든 구멍이란다. 신기한 돌멩이다. 도사님은 이런 구멍 난 돌이 있는 곳은 세계적으로 흔하지 않다고 했다. 도사님의 설득력 있는 주장이 해안산책길로 계획된 사업이 해안언덕길로 변경되고, 돌피리 돌이 나는 해변을 보존하려고 큰 공사가 진행되고 있었다. 도사님의 말을 듣자 고래도 구멍 난 돌을 주워 소리를 내고 싶어졌다. 구멍 난 돌은 흔했다. 구멍 난 돌을 주워 들고 입에 대려는 순간 도사님이 잠깐 고래와 눈을 마주치는가 했는데 고래의 돌멩이를 슬쩍 가져가서 내동댕이쳤다. 말릴 틈도 없었다. 도사님의 손을 벗어난 돌멩이는 다른 돌에 부딪쳐 산산조각이 났다. 아까웠다.

"고래, 이런 돌로는 소리를 낼 수 없어."

구멍 난 돌만 찾으면 되는 게 아니라고? 도사님 손에 들려있는 돌멩이를 슬쩍 건너다보았다. 단단하고 야무진 느낌이다. 그러고 보니 깨진 돌은 푸석하게 무른 돌로 보였다. 고래는 단단해 보이는 돌을 찾아다녔다. 구멍이 난 푸석돌은 흔했지만 이미 그 돌로는 소리를 낼 수 없다는 사실을 알고 있어 일부러 내동댕이쳐 보기도 했다. 몇 개를 산산조각내고 나니 그것도 시들해졌다.

드디어 소리가 날 만한 돌을 찾았다. 구멍 속에는 조개가 들어있었다. 입에 댈 구멍 하나만 남기고 나머지 구멍은 모두 손가락으로 막아야 했다. 소리가 났다. 도사님의 축하를 받았다. 도사님이 구멍돌해변이라 이름 지었다는 그 해변을 눈에 담아두었다. 엄마, 아빠랑 다시 오고 싶은 곳이었다.

도사님이 악기를 준비한 게 아니고 해변 곳곳에 악기가 널려 있었다. 옛날 사람들은 이렇게 구멍 난 돌을 주워 소리를 냈을 거다. 구멍 난 삼국시대 돌멩이가 어느 대학 박물관에 소장되어 있다고 했다. 소리를 내고 보니 듣기는 더 좋았다.

그 소리를 좋아한 존재가 사람 말고 또 있었다. 바다의 고래. 도사님은 악기 연주를 듣고 바다 고래가 큰 꼬리만 수면 위로 내놓은 채 악기 소리가 나는 곳으로 다가가는 동영상을 보여주었다. 세계 곳곳에서 각각의 악기로 연주를 하면 자기 짝인 줄 알았는지 소리가 나는 곳을 향해 바다 고래가 다가갔다. 영상으로 본 고래 꼬리는 그대로 하트의 이미지였다. 하트가 왜 사랑을 상징하는지 깨닫게 된 순간이었다. 돌피리 악기는 그 어떤 것도 똑같이 생길 수 없었다. 그야말로 명품이다. 마침 도사님이 명품 돌피리를 불었을 때 중학생 고래가 다가간 것이다.

고래나라

고래가 들뜬 모습으로 집에 돌아갔을 때 엄마, 아빠가 나란히 고래를 맞이했다. 옷을 추스르며 안방에서 나오는 엄마, 아빠의 얼굴이 상기되어 있었다. 거실이 아니고 안방에서였다. 고래의 표정을 본 아빠가 말했다.

"화상강의가 좋더라, 고래야."

"화상으로 강의를 하니 먼 길을 떠나지 않아도 되어 그만인걸."

엄마가 이어서 말했다. 집에 있어도 외출하는 것처럼 신경을 쓰긴 했지만 오고가는 시간을 절약할 수 있어 편리하다고 만족스러워했다.

강의를 들었다고? 엄마, 아빠가 강의를 들었건 어쨌건

고래는 급히 할 말이 있었다.

"아빠, 바다 고래가 악기 연주 소리를 듣고 가까이 오는 거 본 적 있어?"

고래는 신이 나서 아빠와 고래나라로 들어왔지만, 엄마는 거실에 머물렀다. 엄마는 곧 엄마 아지트로 옮겨 앉을 것이다. 엄마와 엄마의 펜과 잉크, 엄마의 책들이 모여 있는 주방. 엄마는 그렇게 아지트를 만들었다. 엄마 아지트에는 엄마 말이면 무조건 복종하는 물건들이 모였다.

고래네 집에는 엄마, 아빠가 같이 사용하는 방 하나, 고래 방 하나, 그리고 고래나라 방 하나가 있었다. 아빠의 물건이 많아서 엄마가 다른 집에 흔히 있을 법한 아빠의 서재 대신 사용하라고 양보한 방이 고래나라다.

엄마는 엄마가 좋아하는 책을 주방에 꽂아 두었다. 주방 서가에는 도서관처럼 분류라벨까지 붙여둔 책이 꽂혀 있다. 엄마의 서가에는 도서관에선 볼 수 없는 무지개라벨이 붙어 있는 책이 드문드문 보인다. 무지개라벨을 붙인 책 제목에는 해양이니 항해니 하는 낱말이 곧잘 눈에 띈다. 3으로 분류기호가 시작되는 사회과학에도, 8 문학이나 9 역사 부문에서도 두드러졌지만, 선뜻 손이 가는 책은 아니었다. 책 제목도 그렇고, 제본 모양이 딱딱하고 무게 있는 내용이라고 외치고 있어 일단 관심은 거기까지였다.

주방 서가는 아빠가 만든 거다. 서가뿐 아니라 고래네 집

곳곳에 아빠의 작품이 있지만 아빠의 작품이 가장 많은 곳은 주방이다. 주방은 밥을 먹을 때나 안 먹을 때나 언제나 엄마 방이다. 식탁은 뭘 먹을 때가 아니면 엄마의 책상이 된다. 식탁도 의자도 아빠가 만든 거다.

고래나라에는 갖가지 아빠의 연장이 보관되어 있다. 연장만이 아니라 온갖 고물들도 모아두었다. 아빠 사전에는 고물들이 재활용품으로 등재되어 있다. 이 고물에서 떼어 낸 것을 저 제작물의 장식으로 사용하는 식이다. 아빠가 자꾸 그런 걸 찾으니 쓰레기를 버려놓은 곳도 고래는 무심코 지나칠 수가 없다. 그런 고래에게 친구들은 이름값 좀 하라며 놀려댄다. 시간이 흐르자 친구들이 진기한 고물을 갖다주기도 했다. 그럴 땐 친구들에게 고래는 골동품 가게 주인이었다. 엄마가 고래나라에 들어오지 않는 이유는 그런 잡다한 골동품 때문일 수도 있었다. 엄마는 어디든 깔끔하게 정리하는 버릇이 있다. 아빠나 고래 수준에서 보면 엄마가 결벽증을 앓는 것 같다.

아빠와 고래는 방 이름을 고래나라로 정했다. 고래나라에는 아빠가 사 가지고 온 기념품이 전시되어 있다. 기념품은 온갖 고래들이다. 고래를 좋아하는 아빠는 바쁜 가운데에도 억지로 틈을 내어 기념품 가게에 들르곤 한다. 고래는 줄곧 그렇게 알고 있었다. 고래를 위해 사는 기념품이 아빠 마음에도 쏙 들기 때문에 어떤 기념품을 살지 망설일 필요도 고민할 필요도 없었다.

온갖 고래 기념품과 함께 놓여 있는 대금은 생김새부터 두드러졌다. 아빠가 만들었다고 했다. 아빠는 배에서 종종 대금을 분다고 했다. 아빠가 타는 원양어선 실적이 좋은 건 아빠가 대금을 불기 때문일 수도 있겠다. 아빠가 가장 아끼는 대금은 할아버지와 함께 쌍골대로 만든 거다. 말로는 대단한 쌍골대 대금이라고 소개하지만 왜 대단한지는 아빠의 설명을 들어도 다른 사람에게 전달할 만큼 쏙쏙 귀에 들어오지는 않는다.

아빠는 대나무 밭이 보이면 들어가 보고 싶다고 말하곤 했다. 고래나 엄마는 아빠만큼 대금에 흥미를 느끼지는 않는다. 아빠가 대금을 들고 현관을 나서는 모습도 물끄러미 바라만 볼 때가 많다.

아빠가 배를 타는 햇수가 늘어갈 때마다 기념품이 늘어나지만 아무리 멋진 기념품이라 해도 기념품이 아빠를 대신할 수는 없다. 아빠가 배를 타러 가면 한 동안 아빠를 못 볼 각오를 해야 한다. 영상통화, 그건 아빠그리움증을 증가시키기나 하지 감질 나는 거다. 아빠와 영상통화를 하고 나면 꼭 고래나라에 들어갔다 나와야 한다. 영상통화는 화질이 얼마나 좋은지 꼭 아빠가 바로 곁에 있는 것 같다. 배에 설치된 모든 기계류는 모든 것이 최상급이어서 그렇다는 아빠의 설명이다. 통신장비, 당연히 최상급이다. 아빠가 바로 곁에 있는 것 같다가도 통화를 끝내면 흔적도 없이 아빠가 사라져서 더 허무하다.

아빠가 꿈에서 할머니를 만나면 슬그머니 방으로 들어가는 것처럼, 고래는 가끔 고래나라에 들어가 기념품 고래들과 얘기하면서 눈물을 닦곤 한다. 엄마가 고래나라에 들어가지 않는 것은 눈물짓는 고래를 보는 게 힘들어서일 수도 있을 거다.

고래나라에 들어가지 않는데도 엄마는 고래나라를 잘 알고 있다. 아빠가 고래나라를 구석구석 촬영해서 냉장고며 벽에 붙여 놓았다. 다른 집 같으면 가족사진이라도 걸려 있어야 할 자리를 고래나라 사진이 차지하곤 한다. 엄마가 알고 있어야 소통하기 쉽다고 아빠가 고집을 세운 결과다. 엄마가 방에 들어가지 않고도 고래나라를 잘 아는 이유를 달리 생각해낼 방법이 없었다.

아빠가 구석에서 길고 별로 굵지 않은 통나무를 하나 들고 왔다. 못 보던 거다. 말이 통나무지 아빠 팔뚝 정도의 굵기밖에 되지 않았다. 꼭 피리처럼 생겼다. 피리류로 보면 크기가 지나치게 대형이다. 특이했다. 이리저리 살피던 대형 피리를 고래에게서 받아든 아빠가 진짜 악기처럼 통나무를 살짝 입에 붙였다. 아빠 볼이 부푸는가 싶더니 웅장한 소리가 났다. 디저리두라 했다.

오스트레일리아 원주민들이 고래를 부를 때 디저리두를

분다고 했다. 도사님의 돌피리 소리와 아주 달랐다. 그 소리에도 이 소리에도 고래가 반응을 한다고? 고래는 매우 여러 가지 소리를 낸다고 아빠가 말했다. 아빠가 언제 오스트레일리아에 다녀왔담. 고래를 두고 아빠 혼자 세계 관광이라도 다녀오는 거 아닌가. 기념품 고래는 뉴질랜드며, 인도네시아며, 터키며 세계 여러 나라에서 만든 것이 빽빽하다. 고래의 가슴에 심술이 피어올랐다.

고래 표정을 바라보던 아빠가 디저리두를 어떻게 가지게 되었는지 얘기해 주마, 했다. 아빠는 얘기를 하기 전에 엄마부터 불렀다. 엄마가 고래나라 방에 들어오다니. 고래나라에 들어온 엄마가 한쪽에 놓여있는 의자에 앉았다. 그렇게도 자주 들어왔지만 눈에 들어오지 않았던 의자다. 아빠가 만들었을 거다. 퍽 오래된 것 같아 보이는데 고래는 왜 못 보았을까. 더 이상한 건 엄마가 조금도 머뭇거리지 않고 곧장 그 의자를 향해 걸어가 앉는 거다. 그러고 보니 의자 위에는 늘 다른 기념품이 놓여 있었다. 여태 고래는 의자가 아니라 진열대인 줄 알았다. 등받이가 없는 의자여서 오해하기 쉬웠다.

아빠가 오스트레일리아에 다녀온 게 아니라 디저리두는 아빠의 부탁을 받은 아빠 친구가 어렵사리 구해준 거였다. 기념품을 사기 위해 아빠 혼자만 배에서 내릴 수가 없어 기념품은 대체로 다른 사람에게 부탁했다고 아빠가 고백했다. 디저리두가 아빠에게 전해지는 데 2년밖에 걸리지 않았다며 아빠가 씨익 웃었다. 이럴 때 고래는 아빠 턱을 만지고 싶어진다.

영상통화를 할 때는 아빠 턱을 만질 수 없어 괴롭다. 아빠 턱을 만질 때의 까칠한 듯, 정겨운 듯 그런 느낌이 없기 때문이다. 고래가 턱을 만질 때마다 아빠도 고래 턱을 만진다.

"넌 아빠 따라오려면 아직 멀었어. 하긴 네 턱이 내 턱이 되면 넌 아빠 턱을 만지지도 않겠지."

그런 말을 할 때마다 아빠 목소리가 왜 작아지는지 모르겠다.

고래가 팔을 휘젓자 아빠가 턱을 내밀었다. 고래도 똑같이 아빠를 향해 턱을 내밀었다.

"아빠는 고래가 그렇게 좋아?"

"당연하지. 얼마나 많은 아빠들이 아들을 위해 목숨을 바쳤는데."

그런 얘기가 아닌 줄을 아빠라고 모를까. 그런데 아빠가 여느 때와 좀 다르다.

"이번에 들어와서 보니까 우리 고래가 많이 컸더라. 이젠 얘기해도 될 것 같아서."

오래오래 간직해 오다가 비로소 하는 얘기 같으면 듣고 싶지 않다. 드라마에서 이런 분위기에서 무언가를 말하면

주로 출생의 비밀 같은 엄청난 얘기가 쏟아지곤 했다. 아빠는 기어코 얘기를 하려하고 있다. 가슴이 마구 방망이질했다. 중대한 얘기를 하려고 엄마를 불렀나 보다. 엄마는 좀처럼 들어오지 않는 고래나라에 어려운 발걸음을 하고.

고래는 다음 상황이 눈앞에 그려졌다.

고래는 엄마, 아빠의 친아들이 아니었다. 어쩌다 집에 오는 고모가 어린 고래에게 누굴 닮았는지라는 말을 곧잘 했었다. 고모가 왜 그런 말을 했는지 이제야 이해가 된다. 엄마가 고래 동생을 낳지 않은 이유가 고래가 생각한 것보다 복잡할 수도 있다. 아빠 말을 믿을 수 없어서 유전자 검사를 하자고 떼를 써야 할 것 같다.

고래의 마구잡이 상상이 아빠 목소리에 중단이 되었다. 고래는 각오를 단단히 하고 귀를 기울였다.

아빠가 바다의 고래를 좋아하게 된 이유가 시작된다. 그거라면 고래가 이미 알고 있는 거다. 그걸 새삼스럽게 표정을 고쳐가며 얘기하려는 아빠가 우스울 지경이다. 출생의 비밀, 그런 식의 얘기가 아니어서 다행이지만, 아직 안심할 단계는 아니다. 혹시 마음 놓고 엄마, 아빠를 부르는 마지막 날이 되는 게 아닌가 싶어 슬픔이 밀려왔다.

아빠가 어렸을 때 해변에 와서 숨을 거둔 고래를 본 적이 있었다. 고래가 숨을 거두자 고래를 해체하자는 사람들이 하나둘 나타났다. 그 사람들을 보자 아빠는 몹시 우울했다.

고래가 왜 여기까지 와서 숨을 거두었을까. 아빠가 워낙 괴로워하니까 할아버지, 할머니가 아빠를 위로했다. 아빠 친구네 식구들도 아빠 생각에 동참했다. 결국 두 가족이 중심이 되어 마을 사람들 설득에 나섰다. 타지에서 살던 고모까지 힘을 보탰다. 고래를 해체해서 고래 고기를 먹자고 덤비던 사람들은 마을사람들의 거센 반대에 부딪쳐 마음을 접을 수밖에 없었다. 고래 해체 대신 고래 장례식이 치러졌다.

아빠는 이렇게 바다의 고래를 아주 가까이에서 볼 수 있었다. 자유롭게 바다를 헤엄치고 다니는 고래를 보고 싶은 마음이 아빠를 뱃사람이 되게 만들었다.

이게 지금까지 알고 있는 이유였다.

아빠가 배를 빨리 타고 싶었던 것은 할아버지, 할머니를 하루라도 빨리 돕고 싶었을 뿐이었다. 할아버지, 할머니의 고단함을 조금이라도 덜어주고 싶었지만, 그 이유라면 할아버지와 할머니가 절대로 허락할 것 같지 않아서 바다의 고래를 진로 선택에 등장시켰다. 할아버지는 고래 고기를 거부하면서 고래의 죽음을 애도하던 아빠의 모습을 선명하게 기억하고 있었다. 아빠가 바다를 싫어하지는 않았지만 일생을 걸 만큼 바다를 좋아하지도 않았다. 바다의 고래가 좋아서 아빠가 배를 타고 싶었던 게 아니었다는 얘기를 고래는 처음 들었다.

충격이었다.

할아버지, 할머니의 고단함을 덜어주려고 선원생활을 선택했다는 걸 고래는 중학교 2학년이 되어서야 비로소 알게 되었다. 할아버지, 할머니가 저 세상 사람이 되고도 한참이나 지난 후다. 바다에서 살다시피 한 할아버지, 할머니는 결국 바다에서 생을 마감했다. 왜 아빠는 지금 이렇게 그때 그 시절의 사실을 밝히고 싶어졌을까.

아빠가 바다의 고래를 좋아하는 건 틀림이 없는 일인데.

아빠가 고래를 좋아하게 된 것은 선원이 되고 나서였다. 실수로 바다에 빠진 아빠 친구를 고래가 구해주었다. 고래 등에 올라타듯이 하고 있던 아빠 친구를 발견한 선원들이 아빠 친구를 갑판으로 끌어올렸다. 아빠 친구는 그 사건을 겪은 뒤로 배를 탈 수 없었다. 아빠 친구는 고래가 구해주기 전에 본 검은 바다의 무게를 이겨내지 못했다.

아빠와 가정형편이 비슷하게 어려웠던 아빠 친구는 일찌감치 학교를 그만두고 배를 탔지만, 결국은 아빠가 항해사가 되는 것을 뭍에서 보아야 했다. 아빠가 배를 타는 두 번째 이유는 아빠 친구 때문이었다. 아빠 친구의 소원은 선장이었었다. 고래는 바로 그 아빠 친구가 디저리두를 구해주었다는 걸 알아차렸다. 아빠의 있잖아가 등장하지 않았다는 것도 알아차렸다.

아빠가 있잖아를 등장시키면서 얘기했던 아빠 친구 얘기는 거의 외울 지경이다.

"아빠가 있잖아, 잠수복을 입고 들어간 그 친구를 보고 있는데 있잖아."

바다 속으로 들어간 줄 알았던 친구가 고래 입에서 날아 나와서 깜짝 놀랐다고 했다. 마침 고래가 이빨이 없는 혹등 고래여서 상처 하나 입지 않았다.

"그 친구가 있잖아. 평소에 다른 사람들 일을 많이 도와 줬거든. 그 친구는 있잖아. 식구들이 아주 많아. 형님 자식 까지 키우고 있어. 고래가 있잖아. 그 친구가 어떻게 살고 있는지 알았던 게 아닐까."

선원들 입에서 입으로 전해진 옛이야기를 아빠 친구 얘 기로 둔갑을 시켰다. 그렇다고 아빠가 아빠 친구 얘기는 쏙 빼고, 남에게서 들은 얘기만 되풀이한 것은 아니었다. 아빠 친구에게 식구가 많았던 것도, 그 식구를 책임지고 있었다 는 것도 사실이었다.

아빠 친구의 소원을 왜 아빠가 이루어야 하는지는 엄마 가 말해 주었다. 아빠가 외지에서 대학 공부를 하고 있을 때, 위험에 빠진 할아버지, 할머니를 구해준 사람이 아빠 친구였다. 엄마는 이 모든 것을 알고 있었으면서도 실수로 라도 고래에게 말하지 않았었다. 드디어 엄마가 고래나라 에 발을 들여놓았다. 이 얘기를 하기 위해서?

아빠는 고래에게 고래나라는 엄마의 선물이라는 믿음이 별로 가지 않는 말을 했다. 고래나라 방에 얼씬도 않을 정도로 엄마는 이 방을 좋아하지 않는다. 엄마가 싫어하는 방을 고래에게 선물했다는 건 말도 안 된다. 아빠가 고래 곁에 없을 때가 많으니 아빠 부재 중에도 아빠랑 같이 있는 느낌이 들도록 고래가 보는 앞에서는 철저하게 발걸음을 하지 않았던 고래의 엄마가 있었다. 아빠가 이런 얘기를 할 때도 엄마는 딴전이었다. 새끼고래가 잡히면 새끼를 두고 어미고래가 절대로 도망가지 않는 습성을 이용해 고래를 잡는다는 말을 들었다. 최강엄마, 고래 엄마였다.

하긴 고래 혼자 박물관에 갔을 때 최강엄마임을 또 확인했었다. 세종대왕과 자연스럽게 대화를 나누게 하려고 엄마가 몇 번이고 학예사를 찾아갔다. 세종대왕에게 하고 싶은 고래의 질문 목록을 들고서. 세종대왕에게서 듣고 싶은 내용의 목록도 아울러 가지고서. 고래가 디지털 헤리티지의 세종대왕과 만나는 멋진 순간을 연출하기 위해 박물관을 드나든 엄마의 정성이 학예사를 감동시켰다.

아빠가 어렸을 때 해변에 와서 죽은 고래가 생각난 것은 수면 위로 아빠 친구가 나타난 바로 그때였다. 그렇게 목숨을 건진 선원은 거의 없었다. 기적이었다. 아빠는 그때부터 고래를 공부하기 시작했다.

고려라는 국호가 조선까지 이어졌다. 신라도 고려로 불리었다. 고려는 고래와 연결이 되어 있었다. 이해가 되었다. 노할매는 옛 외가 동네 얘기를 곧잘 들려주었다. 우물이 가까이 있다고 우물가, 유난히 흙 색깔이 짙은 곳은 붉은데[붉은디], 언덕에 있는 집들은 언덕에[어덕에], 고개 넘어 마을은 재너머, 딸이 많다고 딸부잣집, 딸고만네……. 어느 마을도 어느 집안도 그런 식으로 불렸다면 한반도 근처에는 고래가 무지하게 많았음을 짐작할 수 있다.

야외 수족관에서 먹이로 준 새를 미끼삼아 신선한 먹이를 사냥하는 범고래. 거울을 보고 빙그레 웃었다는 돌고래. 사람과 같이 헤엄치기를 즐기는 고래. 바다에 빠진 개를 살리는 고래. 해변가에 와서 죽음으로써 일곱 마을을 먹여 살려 칠포라 했다는 고래. 고래. 고래. 고래.

"아빠, 우리 고래보러 가자!"

고래는 책에서 본 멕시코 웨일워칭을 아빠에게 전달해 주었다. 세종실록에 비교하면 이건 전달 축에도 끼지 못한다. 아주 작은 배를 탄 멕시코 어촌의 어부들이 거대한 귀신고래의 눈과 마주친 장면을 상상해 보았다. 멕시코 바다에 가면 귀신고래와 눈이 마주칠 수 있을까.

바다의 고래는 죽어서 일곱 마을을 먹여 살릴 수 있다고 했다. 대단한 환경운동가라서가 아니라 중학생 고래는 일곱 마을이 아니라 일곱 나라, 일곱 행성을 살리는 고래가 되고 싶다.

순간 고래가 디지털 세계를 설명할 때 귀를 기울이던 대왕의 모습이 떠올랐다. 22세에 왕이 되면서부터 줄곧 백성을 사랑하던 임금, 세종대왕. 변치 않은 그 마음이 결국은 훈민정음을 창제하게 만들었다. 딥러닝을 한 디지털 휴먼 세종대왕은 그 시대에 만들어진 모든 책의 100만 배 정도 공부를 했을 것이다. 디지털 휴먼이 공부한 내용은 애매하지도 혼란스럽지도 않아서 언제나 정확한 정보를 제공할 것이다. 그렇게 공부를 하면 일곱 행성을 살리게 될까.

대왕은 원대한 고래의 꿈을 지지했다.

"지학의 고래에게 묻노라. 네 가슴에는 누가 들어 있는고?"

모든 역사의 악업을 짊어지고 갈 것이니 부디 성군이 되라는 아버지 태종과 왕의 자리는 본래 형님의 자리였음을 늘 대왕의 마음에 새겼다는 뜻이리라. 그래서 가진 것도 없고 힘도 없는 백성들을 그토록 가슴 깊이 간직하고 있었을지도 모른다. 이런 내용을 어디서 들었는지 모르겠다. 도사님? 선생님? 엄마? ……. 이 정도도 헷갈리는데 인공지능 로봇과 일상생활을 어떻게 해 나가지.

훈민정음 이전, 훈민정음 이후

집에서 만나자

도사님에게서 온 문자 내용은 고래를 당황스럽게 했다. 아침에 일어나서 스마트폰을 확인하니 문자가 와 있었다. 내용이야 전혀 어려울 것이 없다. 오히려 너무 쉬워서 뜬금 없다. 누가 자고 일어나니 유명해져 있다고 하더니, 잘 자고 일어나 무슨 이런 황당한 일이 다 있담.

도사님의 글은 길고, 길고, 또 긴데, 고래만큼 짧은 문자를 사용했다. 이런 게 도사님이 말하는 정보사회와 이전사회를 넘나드는 양계생활 중 하나일까. 양계라기에 도사님이 닭이라도 키우는 줄 알았다. 양쪽세계라는 의미에 금방

다가가긴 했다. 도사님에게 무슨 말이냐고 물어야 할 일인데, 고래는 엄마에게 이 수수께끼 같은 상황을 물어보고 싶다. 도사님이 고래를 영특하다고 했었다. 고래는 가능하다면 오래오래 영특한 사람이고 싶다.

엄마는 아침을 준비한다고 바쁘다. 고래가 늦잠을 잤는데, 아직 아침 준비 중인 엄마. 평소의 엄마답지 않았다. 스마트폰 세상도 스마트폰 밖 세상도 황당하다.

배는 그리 고프지 않았다. 엄마는 아침 준비 중이고, 고래는 아직 아침도 안 먹었는데 설거지를 하고 있다. 설거지를 잠시 멈춘 아빠가 얼굴로 식탁 위 과일을 가리켰다. 과일로 아침을 해결하는 건 가끔 있는 일이긴 했다.

수돗물 흐르는 소리가 나지 않자 그제야 엄마가 고개를 돌려 고래를 보았다. 엄마는 고래가 엄마를 반기는 만큼 고래를 반기지 않았다. 무슨 일이냐고 묻는 고래의 물음에는 대답도 않고 엄마가 아빠에게 야채를 달라고 한다. 깜짝 놀란 아빠가 고래에게 야채 몇 가지를 사 가지고 와 달란다. 아빠가 워낙 서두르는 바람에 무슨 일이냐고 다시 물을 새도 없었다. 고래는 입에 들어있는 과일을 씹으며 자전거 열쇠를 가지고 왔다. 고래의 뒤통수에 아빠의 목소리가 따라왔다. 아빠가 주문하는 야채 종류를 되새기며 씹던 과일을 삼켰다.

고래가 야채를 안고 집에 오니 주방은 어느 새 말끔하게 정리되어 있고 엄마, 아빠는 식탁, 아니 엄마 책상에서 여유를 부리고 있었다. 엄마가 야채를 씻어 소쿠리에 받쳐놓고 다시 식탁으로 왔다. 엄마 책상이라고 해야 하는 거야, 가족 식탁이라 해야 하는 거야, 헷갈렸다.

고래는 기회다 싶어, 무슨 일이 있느냐고 엄마에게 다시 물었다. 진짜 몰라서 묻는 거냐며 고래에게 반문하던 엄마는 아빠와 대화를 시작했다. 화제는 고래가 왜 모르는 시늉을 하고 있느냐 하는 것이었다. 약이 오르다 못해 속이 상하려 한다. 엄마, 큰 소리로 불렀다. 아빠는 더 큰 소리로 불렀다. 잔뜩 골이 나서 막 공격적인 말을 하려 할 때다.

어디선가 굉장히 우렁찬 소리가 들려왔다. 고래와 엄마, 아빠는 동시에 깜짝 놀랐다. 무게가 많이 나가는 물건이 바닥에 떨어지면 그런 소리가 날 거다. 아니다. 우렁차면서도 부드럽기도 했다. 서로 눈만 마주치면서 아무 말도 못하고 있을 때 초인종 소리가 났다. 스마트 홈오토메이션 화면에 도사님이 나타났다. 두 번이나 묻고서도 듣지 못한 대답이며, 황당 문자며, 엄마의 늦은 아침 준비…… 모든 상황이 한꺼번에 해결되었다.

문 열기 버튼에서 손가락을 떼자마자 고래가 현관으로 달려갔다. 엄마와 아빠도 서둘렀다. 도사님은 엄마 가슴 높이의 기다란 통나무 두 개를 들고 있었다.

"어서 오십시오, 도사님. 이게 우리나라 디저리두, 아니 오동나무 목나발이군요."

아빠가 도사님의 오동나무를 거의 빼앗다시피 받아들고 보기보다 가볍게 주방으로 옮겨놓았다. 모든 상황이 한꺼번에 해결된 줄 알았는데, 다른 의문이 줄줄이 스멀거렸다. 아빠와 도사님의 관계는? 엄마가 준비했던 게 아침이 아닌 건 분명한데, 엄마는 왜 또 도사님을 맞을 준비를? 디저리두는 들어본 말인데 목나발은? 도사님이 왜 목나발을? 오동나무는 가벼운 나무? 조금 전 웅장한 소리는 도사님이?

줄을 이은 의문 중에서 가장 나중 의문이 먼저 풀릴 것 같다. 구멍돌 해변에서 주운 돌멩이를 바로 악기로 바꿔 버리는 도사님을 본 적이 있다. 디저리두든 목나발이든 우렁찬 그 소리를 낸 사람은 틀림없이 도사님이다. 아빠가 조심스럽게 옮겨놓은 오동나무를 아스라한 눈으로 바라보았다. 도사님이 오동나무에 다가가더니 오동나무를 버쩍 들어 주둥이를 입에 갖다 댔다.

"지금부터 목나발 연주로 집안의 경사를 기원하겠어요."

부우우우우우앙.

엄마는 스마트폰으로 동영상을 찍는다고 바빴다. 고래는 그런 엄마의 모습과 도사님을 담아 사진을 찍었다. 찍고 보니 생각이 나서 거리를 좀 더 두고 사각틀에 아빠를 넣었다. 당연히 인증샷도.

무슨 일이 발단이 되어 이런 자리가 마련되었는지 모르겠지만 처음 화제는 디저리두, 아니 목나발이 되었다. 주로

도사님이 목나발의 긴긴 역사를 설명
하는 동안, 고래와 엄마, 아빠는 감탄사
로 추임새를 넣기 바빴다. 설명이 끝난
듯 했을 때 잽싸게 아빠가 나섰다.

"도사님, 우리 민족의 목나발 역사가
그렇게 긴 줄도 모르고 저는 디저리두
를 구하려고 애를 썼습니다."

"도사님, 조금 전에 반구대 암각화와
고구려 벽화의 왕바닷말 나발과 함께
설명해 주신 내용이 매우 감동적입니다."

목나발[7]

엄마가 말을 이었다. 반구대 암각화는 신석기시대 혹은
청동기 시대 자료라고 알려져 있지 않느냐는 말도 덧붙였
다. 어, 엄마, 아빠가 너무나 자연스럽게 도사님이라고 부
르고 있다.

고래도 한 마디 해야 할 것 같은 분위기다. 엄마가 조금
만 더 길게 말해 주면 좋겠다. 이 모든 상황에 적응하려면
시간이 필요하다.

"도사님, 목나발이 우리 민족이 오래전부터 불어오던 것
이면 현재 어딘가에 남아 있을지도 모르잖아요."

_____

7) 목나발: 고래를 부르는 우리나라 전통 악기, 오두의 한글나라/세계전통
   해양문화연구소 제공.

"옳지. 역시 고래답다. 현시대에 목나발을 어디서 볼 수 있는지 나열하겠습니다."

"도사님, 나열이라 하셨습니까? 나열이라는 말을 할 정도로 많이 볼 수 있다는 뜻인지요?"

엄마가 공손하게 물었다.

도사님이 주욱 나열을 했다. 도사님의 태도는 고래, 엄마, 아빠 세 사람을 향한 거라기보다 삼천 명의 관중을 앞에 둔 태도이다. 도사님 앞에서는 중학생 고래 한 명이 천명의 관중이었으니까. 깜짝 놀랍도록 많은 목나발 연주 공연 목록을 나열한 후 도사님이 목나발을 불었다.

도사님이 천장을 향해 목나발을 불고 나서 깔끔하게 마무리 인사까지 하자 관객 삼천 명의 환호성과 박수가 쏟아졌다. 아빠가 다른 하나의 목나발을 잡았다. 도사님이 불어보라고 아빠의 용기를 북돋웠다. 아빠가 한두 번 사양하다가 목나발 취구를 살폈다. 아빠가 몇 번 시도를 하더니 이내 멋진 소리를 냈다. 도사님이 목나발로 화음을 넣었다. 즉석 목나발 이중주가 이뤄지고 있었다. 웅장한 기운이 주방을 가득 채워 집안으로 퍼졌다. 이런 낯선 웅장함이 아파트 전체를 휘감고 있을지도 모른다.

아빠의 즉석 연주가 가능했던 것은 평소의 대금 연주 덕분이라는 대화가 있었다. 대화에 오동나무는 속이 비어 있어 목나발을 만들기에 알맞다는 내용도 들어있었다.

엄마가 조심스럽게 잠시 쉴 것을 제안했다. 아무도 반대하지 않았다. 아침에 고래가 일어났을 때 바쁘게 준비했음 직한 음식들이 차려지기 시작했다. 고래가 사온 야채도 식탁에 놓였다. 식탁이 금방 그득해졌는데, 밥만 빠졌다. 이렇게 굉장한 간식은 한 번도 본 적이 없다. 신났다.

한동안은 각자가 맞이한 오늘 아침을 묘사한다고 떠들썩했다. 비 온 뒤 이튿날처럼 아침 공기가 상쾌했다. 열어 둔 창문으로 들어온 바람이 기분 좋게 피부에 닿았다. 어른이 되어 제일 먼저 하고픈 일이 한밤중에 치킨 시켜먹기였는데 순서가 뒤로 밀릴 것 같다.

"도사님, 와 주셔서 감사합니다."

엄마가 예의를 갖춰 말했다. 도사님을 초대했다는 사실을 고래만 모르고 있었다. 아빠가 깜짝 선물이라 하는 바람에 따돌림 당한 속상함이 가라앉았다.

"우리 고래가 도사님을 흠모하는 것 같아 부탁을 드렸습니다. 무례를 무릅썼습니다. 부모 된 자의 욕심이라 헤아려 주십시오."

목나발 연주로 달아오른 분위기를 착 가라앉히는 엄마의 말이었다. 고래가 어쩌다 떠올렸던 불안에 떨던 엄마 모습을 다시는 보이고 싶지 않아 고래나라 방을 멀리하는 척 했던 엄마가 아닌가. 엄마는 늘 당당했다. 사회에 해악을 끼친 적도, 인생을 함부로 산 적도 없으니 당당하지 못할 이유가 없다는 책에서 본 내용을 인용하는 엄마, 그 엄마가 디지털 휴먼 세종대왕을 만나던 고래처럼 공손하기까지 했다.

"우리 고래가 도사님 같은 분을 가까이서 뵐 수 있다니요. 고래는 물론이고 우리 식구 모두의 행운이고 영광입니다."

아빠가 정중한 태도로 말했다. 고래가 꼭 이런 뜻의 말을 한 적이 있었다. 물론 고래가 고르고 골라서 한 말이긴 했지만, 이런 때에 어울리는 제대로 된 표현이었던 셈이다.

엄마, 아빠의 말을 시작으로 이어지는 얘기의 중심은 줄곧 고래였다. 고래는 마치 얘기의 주인공이 따로 있기나 한 듯한 자세로 자리를 지켰다. 엄마, 아빠와 도사님이 TV에서 방영하는 어른들끼리 하는 깊은 대화를 주제로 녹화라도 하는 것 같았다. 가끔 어른들이 곁에 있는 고래를 의식하긴 했지만 고래는 대부분 저만치서 카메라에 잘 잡히지도 않는 방청객이었다. 머릿속으로는 엄마, 아빠와 도사님의 대화를 부지런히 정리하고 있었다. 이번 방학에 고래에게 눈에 띄게 늘어난 실력으로 손가락을 꼽으라면 요약정리가 으뜸일 거다.

그러고 보니 개학도 얼마 남지 않았다. 개학을 해도 비대면 수업 중심일 것 같은데 은근히 기다려지는 건 또 무슨 일인가. 방학 때 한 일이 읽기, 듣기, 정리하기였다. 핵심은 스스로 했다는 거다. 학교에서 들은 대로 굳이 이름을 붙이면 자주적 학습활동이다. 중학교 2학년 여름방학을 하기 전 방학을 모두 모아도 이번 방학 때의 자주적 학습활동과 비교할 수가 없다.

주로 공부하는 자세의 중요성 강조는 도사님이 맡았다. 인류와 사회에 대한 헌신과 기여의 자세도 덧붙였다. 디지털 헤리티지에서 만난 세종대왕이 고래의 원대한 꿈을 지지했을 때도 도사님과 생각이 비슷했기 때문일 거다. 디지털 휴먼 세종대왕과 대화를 하는 데는 도사님이 큰 역할을 했다는 사실도 알게 되었다.

아빠는 부모님을 위한답시고 선원이 되었는데, 결국 그게 부모님을 마음 아프게 해 버렸다는 말을 했다. 누구를 위해서가 아니고 진정 자신이 하고 싶은 일을 찾으라고 했다. 아빠의 선원생활은 아빠도 좋아하는 일이 되었는데, 할아버지와 할머니는 그렇게 생각하지 않았다는 것을 처음 알았다. 아빠와 할아버지, 할머니 사이에 자기 자신보다 더 우선으로 생각하는 삶이 따로 있어 가슴이 뭉클했다. 고래에게는 고래를 우선으로 생각하라고 아빠가 말하고 있었다.

엄마는 고래나라 방에 왜 드나들었는지 말했다. 엄마는 바다의 고래가 사람을 구한 얘기를 알게 되면서 옛 사람들처럼 고래신을 믿기로 했다. 도사님의 포털 카페 덕분이었다. 엄마가 도사님을 알게 된 것은 고래보다 먼저였고 오래전이었다. 엄마는 매일 새벽에 고래나라 방에 들어가 정화수를 올려놓고 아빠의 무사안녕을 고래신에게 기원했다.

엄마의 뉴트로이다. 엄마는 펜으로 수백만, 수천만 번 선을 그어서 고래그림을 완성한다. 고래 펜화를 그리면서도 엄마는 아빠의 탈 없는 귀가를 기원했다. 고래는 어쩐지 눈시울이 뜨거워졌다. 엄마의 간절함이 전해온다. 엄마가 사무치다는 말을 종종 하는데. 그렇다. 그런 말은 바로 이런 때 어울린다. 엄마의 간절함이 사무치게 전해진다. 사무치려면 눈물이 동원되는 게 정석이다.

엄마는 고래도 아빠도 어떤 경우든 자신을 사랑해야 한다는 말로 마무리를 지었다. 4자성어가 등장했다. 자중자애(自重自愛). 노할매의 장수 유전자가 외할머니를 통해 엄마에게 무조건 이어져 있다고 해서 모두를 웃게 만들었다. 시끌벅적하게 웃고 있는데 눈시울이 뜨거워지는 이유를 모르겠다.

"도사님의 종횡무진하게 펼쳐지는 이론 향연 덕분에 저의 인지 세계가 매우 확대되었습니다. 도사님께서 논리적으로 세계성을 부여하지 않았더라면 우리 민족의 전통 행위의 깊은 뜻을 매우 하찮게 여기는 오류를 범했을 것입니다."

엄마가 어려운 말을 했다. 그렇게 엄마 생각을 표현하는 수도 있었다. 엄마가 큰 소리로 말했음에도 고래가 닿기 어려운 엄마의 세계가 있음을 인정하는 순간이었다. 더 놀라운 것은 그 어려운 엄마의 말에 아빠가 크게 고개를 끄덕이는 모습이었다.

"도사님, 우리집 멘토가 되어 주셔서 감사합니다."

그럴 의도가 전혀 없었는데 앉은 사람들 중에서 가장 어른으로서 고래가 한 마디 하는 이상한 모양이 되어 버렸다. 어른들은 고래가 마무리 발언을 하도록 짜 맞춘 것처럼 호흡이 척척 맞았다. 엄마와 아빠와 우리집 멘토 도사님이 동시에 웃음을 터뜨렸다. 고래도 따라 웃었다.

도사님이 동해안의 가까운 지역 문학기행을 제안했다. 즐겁고 유쾌한 만남을 좋은 기억으로 남기자는 의미로. 고래를 위해서라 했다. 훈민정음의 뜻을 새기는 의미도 있다고도 했다.

문학기행 '훈민정음 이전과 이후'

문학기행을 떠나기 전에 준비할 일은 관동별곡 읽기.

더운 열기를 피하기 위해서 이른 아침부터 서둘렀다. 뜻이 맞는 사람끼리 어울린다는 것은 매우 편리했다. 문학기행이라는 이름의 대단한 일이 바로 이튿날 일어날 수도 있었다. 커다란 아이스박스가 준비되었다. 도사님은 휴대용 무선마이크를 가지고 나타났다.

도사님과 아빠가 서로 운전을 하겠다고 한 게 시간을 끈 유일한 일이었다. 운전이라도 해야 마음빚을 조금이라도 갚을 길이 있겠다고 아빠가 사정했다. 도사님이 양보한 덕분에 엄마, 아빠가 신이 났다. 고래가 준비한 건 관동별곡 출력물을 챙기는 거였다.

먼저 도착한 곳은 고려말의 학자였던 목은 이색의 생가 터였다. 입구에 차를 세우고부터 도사님의 해설이, 아니 강의가 시작되었다. 차근차근 목은 유적지를 둘러보면서 경사진 도로를 따라 위쪽으로 올라갔다. 훈민정음과 어떤 관계가 있는지는 알 수 없었다. 제일 위쪽에 다다랐을 때 커다란 돌에 새겨져 있는 '관어대소부(觀魚臺小賦)'라는 목은 이색의 글을 볼 수 있었다. 한문과 한글이 다른 돌에 새겨져 있어서 맞추어 읽는 것이 쉽지 않았다.

長鯨群戲而勢搖大空(장경군희이세요대공)
　　: 고래들이 떼 지어 놀면 기세가 창공을 뒤흔들고
鷙鳥孤飛而影接落霞(지조고비이영접락하)
　　: 사나운 새 외로이 날면 그림자 저녁놀에 잇닿네

그 부분을 눈여겨보라고 도사님이 강조했다. 관어대에서 고래가 떼 지어 노는 모습을 목은 이색이 보았던가 보다. 관어대에 올라가 보니 그 정도의 높이와 거리에서라면 다른 물고기를 보는 것은 어림도 없지만 바다의 고래는 아주 잘 볼 수 있었을 것 같다. 결국 해변의 관어대는 바다의 고래를 보는 곳으로 풀이해야 한다는 도사님 어록에 첨가 항목이 또 발생했다. 저절로 고개가 끄덕여진다. 이런 것도 행간읽기일 거다.

망양정의 〈관동별곡〉 현판

승용차로 돌아오니 무척 덥다. 엄마가 아이스박스에서
시원한 물을 꺼집어냈다. 물이 최고라는 말에도 고개가 끄
덕여졌다.

다음은 망양정이다.

도사님은 망양정 현판의 관동별곡을 가리켰다.

텬근(天根)을 못내 보와, 망양뎡(望洋亭)의 올은말이
     : 하늘 끝을 끝내 못 보고 망양정에 오르니,
바다 밧근 하ᄂᆞᆯ이니 하ᄂᆞᆯ 밧근 므서신고
     : 바다 밖은 하늘인데 하늘 밖은 무엇인가?
ᄀᆞᆺ득 노ᄒᆞᆫ 고래, 뉘라셔 놀내관ᄃᆡ
     : 가뜩이나 성난 고래를 누가 놀라게 하였기에,

블거니 쁨거니 어즈러이 구는디고
　: (물을) 블거니 뿜거니 하면서 어지럽게 구는 것인가?

　도사님은 먼저 고래에게 읽을 기회를 주었다. 조선시대
관동별곡을 현대어로 풀이를 해 준 사람은 엄마다. 고래
가 손뼉을 쳤다. 훈민정음 창제 이전과 훈민정음 창제 이
후가 무슨 뜻인지 이해가 되었다. 이번엔 확실하게 자신이
있었다.

　망양정을 내려올 때는 제법 시간이 흘러 묵은 유적지에
서보다 더위가 더 사나워졌다. 하지만 고래는 아이스박스
물을 마신 것처럼 속이 시원하다.

　집으로 돌아오는 차안에서 갑자기 아빠가 훈민정음 해
례본 얘기를 끄집어냈다. 지난 번 강의 내용 말이냐며 엄마
가 반갑게 대꾸했다.

　"교수님의 목소리가 지금도 들리는 것 같아."

　一朝(일조): 하루아침에
　制作侔神工(제작모신공): 신과 같은 솜씨로 지으셨으니

　"맞아, 여보. 그 부분을 말씀하실 때 교수님의 얼굴이 어
찌나 상기되셨던지. 지금도 전율이 느껴져."

　엄마는 아빠의 말에 한 술 더 떴다.

大東千古開朦朧(대동천고개몽롱): 우리나라의 몽롱함을 깨우셨네. 보이지 않던 세상을 보이게 하셨네.

엄마, 아빠가 사극에나 등장했음직한 선비 말로 어렵게 말하는 바람에, 엄마, 아빠가 무슨 말을 하고 있는지 어리둥절했다. 앞자리에 앉은 엄마, 아빠 눈에는 뒷자리의 도사님과 고래가 안 보이는지, 너무했다. 도사님이 스마트폰으로 검색한 액정을 내밀었다. 훈민정음 해례본의 일부였다. 엄마, 아빠는 훈민정음 해례본의 용자례 바로 앞부분인 합자해의 마지막 부분을 주고받고 있었다. 도사님이 낮은 목소리로 칠언시인데 일부러 2자 5자로 나누어 표현한 걸 두고 대화를 하고 있다고 속삭였다. 두 글자, 두 글자, 세 글자를 모아 풀이하면 된다고도 덧붙였다.

"大東 千古 開朦朧(대동 천고 개몽롱)"

아빠가 엄마의 말을 한 번 더 느린 속도로 암송했고,

"보이지 않던 세상을 보이게 하셨네. 훈민정음 창제 이전에는 백성들이 몽롱했을 거 아닌가."

아빠가 풀이까지 되풀이하더니,

"훈민정음 이전, 훈민정음 이후가 확실하구먼."

마무리했다.

어쩐지 지금까지 보았던, 있잖아 아빠와 달라 보였다.

한글·예술

동해안 문학기행을 다녀온 뒤, '전환과 공유의 시대를 걷다'라는 부제가 붙은 '한글예술'을 감상하러 가족나들이가 이어졌다. 고래가 방학 중이라는 게 이렇게 멋지게 맞아떨어질 수가. 아빠도 조업 준비 기간이라 집에 머무는 이런 때에 전시가 되고 있다. 이런 걸 두고 하늘이 준 기회라고 할 거다.

입구까지 나와서 맞이하는 학예사의 반가운 태도는 고래를 얼떨떨하게 만들었다.

"자주 뵙지요, 이선생님."

이렇게 말한 사람은 엄마가 아니라 아빠였다.

"예, 선생님. 이 학생이 고래군요."

아빠가 선생님으로 불리고 있었다. 고래 이름까지 알고 있는 학예사.

학예사와 대화를 하는 아빠를 보고 놀랐다. 책을 많이 읽는 엄마보다 한 수 위라는 생각이 드는 건 또 무슨 까닭? 책을 읽지 않고도 지혜로워진다는 말인가. 혼란스럽다. 학예사와 아빠가 대화중인데 불쑥 끼어들었다.

"아빠는 언제 그런 책을 다 읽은 거야?"

"아빠가 원래 독서광이야."

대답은 엄마가 했다.

"화상 강의 신청도 아빠가 했는걸."

엄마, 아빠가 화상 강의를 들었던 게 바로 한글예술 작가 강의였다. 시각디자인을 전공한 작가의 훈민정음 강의여서 흥미로웠다나. 엄마만 독서를 좋아하는 줄 알고 있다가 아빠가 독서광이었음을 처음으로 알았다. 그런데, 왜 이제야 알게 된 거지? 방학은 처음이 아닌데, 이번 방학에는 처음 알게 된 일이 너무 많다. 나중에 집에 가서 말해준다는 엄마를 졸라 기어코 이유를 알아냈다. 사실은 기어코가 아니라 순식간이라고 해야 맞다. 이런 공간에서는 큰 소리로 엄마를 두 번만 불러도 엄마가 깜짝 놀라는 점을 이용했다. 인정한다. 좋은 방법은 아니다.

혹시 고래가 책 읽기를 좋아하지 않을 수도 있어서 엄마, 아빠 중 한 사람은 책을 읽지 않는 걸로 설정했다. 그 역할을 오랜 기간 집을 비우는 아빠가 맡았고. 아빠의 '있잖아'가 등장하지 않는 말하기를 떠올렸다. 그게 진짜 아빠였다. 독서광 아빠를 들키지 않으려고 아빠는 정말 완벽하게 연기했다. 거기에 '있잖아' 대사가 한몫을 했다.

고래는 학예사와 대화에 몰입하고 있는 아빠에게 다가가 아빠 턱을 만졌다. 틀림없는 아빠인데, 학예사와 진지하게 대화를 나누는 아빠의 모습은 낯설다. 낯설어 거리감이 있어야 할 순간인데 울컥했다. 찔끔 눈물까지 나올 것 같은 건 또 무슨 경우인지.

"세종어제훈민정음에서 교수님 덕분에 처음으로 '뜻'을 뜻답게 새긴 것 같습니다."

"선생님도 그러셨군요. 세종어제훈민정음을 외우다시피 했는데 이제야 뜻이 뜻에 머물지 않고, 사람과 사람의 관계에 마음을 기울이는 사람의 마음 작용이라는 생각을 했습니다."

"한글학자가 아닌 시각디자인 전공자의 시각으로 훈민정음을 보니 새로운 게 보이는 게 아닐까요, 이선생님?"

"그러게요. 교수님은 세종대왕을 가리킬 때 '작가 이도'라는 말씀을 자주 하시잖아요."

학예사가 웃었다. 엄마 말을 빌리면, 자신의 일을 사랑하고, 그 일에 자부심을 가진 사람만이 지을 수 있는, 당당하면서도 친근하고 다정한 웃음이었다.

한글예술 작가를 찾고 섭외한 모든 활동이 학예사의 공로라고 엄마가 속삭였다.

"이럴 때면 역사는 뛰어난 몇 사람이 주도한다는 데 한 표를 던지게 돼. 작가 한교수님도, 학예사 이선생님도 모두 대단한 분들이셔. 그런 분들의 탁월함을 우리는 이렇게 쉽게 공유할 수 있는 세상에 살고 있고."

엄마, 아빠가 자주 찾은 곳이라 학예사를 기꺼이 다른 관람객에게 양보했다. 엄마와 아빠가 고래를 위해 번갈아 학예사가 되어 주겠다는 말을 학예사가 환한 표정으로 받아들였다. 그러고도 엄마, 아빠와 학예사의 대화가 끝나지 않아 고래는 어쩔 수 없이 예술 작품처럼 기획전시실 앞에 설치된 전시개요 판을 읽었다. 엄마, 아빠라는 특별 학예사 없이 먼저 전시관에 들어가고 싶지는 않았다.

〈한글·예술〉은 한글이라는 문자 속에 담긴 가치와 가능성을 예술로 본 전시입니다.

상당히 마음에 드는 부분이다. 처음으로 한글예술이 아니라 한글 가운뎃점 예술이 전시 제목이라는 걸 알았다. 전시개요 전체가 멋있어서 사진으로 남기고 싶어졌다. 스마트폰을 가로세로 방향을 돌리고 앞으로 다가갔다가 뒤로 물러섰다가 거리를 조정해도 마음에 쏙 드는 장면을 잡기

가 어려웠다. 급하지는 않았다. 여전히 엄마, 아빠와 학예
사의 얘기는 끝날 줄 몰랐다.

드디어 학예사가 물러갔다.

드디어 전시개요를 뒤로 하고 기획전시실로 들어갈 차
례다. 전시물 관람에 앞서 전시개요를 외다시피 한 관람은
진짜 처음이다.

엄마가 기획전시실이 아니라 입구로 발걸음을 되옮겼
다. 전시실 입장이 이렇게도 힘이 들었다.

"고래야. 이런 리플릿 본 적 있니?"

엄마가 대형 딱지를 흔들어 보였다. 큰 걸음으로 엄마에
게 다가간 아빠가 냉큼 리플릿을 받아들더니 소중한 보물
을 건네듯 고래에게 넘겼다. 문자와 한글·예술이 나란히
주인공인 홍보지.

이렇게 잘 생긴 홍보지를 본 적이 없었다. 한 번 읽고 내
팽개치겠다는 생각을 처음부터 막아버리는 힘이 있었다.
딱지처럼 생긴 리플릿은 재질이 종이이면서 나무 같고, 나
무 같으면서 또 다른 무엇 같았다. 게다가 접이식 보물상
자이기도 했다. 이렇게 준비한다고 무척 힘을 쏟았을 것 같다.

"엄마, 이 리플릿, 창작품이야?"

그냥 물었다. 참 멋진 디자인이라는 생각이 들어서다. 엄
마가 대답은 않고 학예사를 바라보았다. 이 부분은 직접 들
어야 한다는 엄마표 메시지였다.

"괜찮게 제작해 보려고 회의를 많이 했어요, 고래 학생. 해외에서 제작된 리플릿을 참고로 했죠. 이 재질이 크래프트지인데, 이걸로 확정하는 데도 많은 토의를 할 수밖에 없었지요."

"국제급이네요, 선생님."

폈던 리플릿을 조심스럽게 접으며 고래가 말했다.

"이런 식의 리플릿을 처음 제작해 보는 인쇄소에서 무척 어려워했다면서요?"

엄마는 이미 들어서 알고 있었으면서 굳이 학예사에게 다시 물었다. 엄마가 학예사의 노력에 최고 점수를 주고 있었다. 고래는 리플릿을 다시 접어 보았다. 처음보다 속도가 조금 빨라졌다. 능숙하게 다시 펼쳤다. 리플릿 면면을 골고루 읽었다. 전시개요며, 전시관 안내도며……. 엄마가 꼭 보여주고 싶은 작품, 인정. 접은 채로 인증샷, 펴서 다시 인증샷.

엄마가 기획전시실로 발걸음을 옮겼다. 아빠가 엄마를 따라갔고, 고래가 맨 뒤에 섰다. 고래는 리플릿을 접었다, 폈다 한다고 동작이 굼떴다.

전시물에 무척 애착이 갔다. 엄마, 아빠로부터 전시 자료 설명을 듣기 때문이 아니라, 작가와 학예사가 고민한 결과로 탄생한 전시 공간이기 때문인 것 같다. 감탄 연발이다.

분명히 학예사를 다른 관람객에게 양보했는데, 학예사

가 어느새 고래 가족 가까이에 서 있다. 엄마, 아빠는 하루 중 관람객이 적은 시간대를 알고 예약했음에 틀림없다.

"용자례 마지막 부분을 교수님 나름대로 풀이해 주셔서 의미가 깊었습니다.

호랑이(범)가 내려와 샘물을 마시고

소나무(잣)가 있는 연못(못)에 달과 별이 비치네"

아빠가 느닷없이 시를 암송했다.

아빠 목소리를 들으며 고래는 스마트폰을 찾았다. 고래 가 녹음이라도 하는 줄 알았는지 아빠가 손사래를 쳤다. 고 래는 빙긋이 웃었다. 혹시 아빠는 고래가 녹음하기를 바랐 던 건 아닐까. 그럴 리가. 아빠가 '달과 별이 비치네' 하는 순간 문득 떠오른 ㄹ낱말들. 고래는 메모장으로 들어갔다. 찾아둔 ㄹ이 들어간 낱말을 살폈다. 새로운 얘기를 끄집어 내도록 낱말을 연결해낼 수가 없어 낱말만 수집하고 있던 참이다. 꾸준히 모으다가 보면 리을사향곡이나 아빠가 암 송한 작품 작가처럼 무슨 일이 생길지도 모른다.

두 사람의 대화에 끼어드는 걸 자제하는 듯 하던 엄마가 화들짝 반기며 입을 열었다.

"그 부분에서 교수님이 퀴즈를 내셨잖아. 떠오르는 책이 없느냐고."

"맞습니다. 우리 학예사를 위해 특별 강의를 하셨을 때 도 퀴즈를 내셨어요."

"고래 아빠가 용비어천가와 월인천강지곡, 두 권 다 맞췄거든요."

"어머머, 그러셨군요. 대단하셔요."

학예사가 맞장구를 치자 엄마는 올림픽 금메달을 딴 선수가 인터뷰라도 하는 듯 기쁨이 얼굴 가득이었다. 맞춘 건 아빠라면서 기분은 엄마가 내고 있다. 아빠는 또 다른 말을 했다. 아빠가 책 두 권을 말했을 때, 너무도 기뻐하던 작가의 모습이 오래오래 잊힐 것 같지 않다면서.

전시실에 입장을 한 후여서 다행이었다. 세 어른이 대화를 하는 동안 전시실을 혼자 둘러보는 재미를 맛볼 수가 있다. 비록 작품을 잘못 이해하게 될지라도.

한글·예술 실내 전시 모습(한국교원대학교 교육박물관, 2021)[8]

8) 한글·예술 실내 전시 모습: 「이치가 이미 둘이 아니다」, 「사랑이」, 「글자가 비록 간단하나 요긴하고 전환이 무궁하다」, 한재준

고래가 첫 번째 대형 전시 작품을 보고 깜짝 놀랐다. 아빠가 암송한 시가 멋진 글자체로 고래를 향해 웃고 있었다. 글자체는 둥근 듯 네모난 듯 부드러우면서 단단해 보였다. 세상에는 이런 느낌을 주는 글자체도 있었다. ㄱ이 1순위인 까닭 때문에 그리도 고민했는데, 바로 그 ㄱ이 신비롭게 펼쳐진 깊은 우주를 장식하고 있었다. ㄱ이 쏟아져 내리는 아래쪽으로 아빠가 암송했던 그 시와 같은 높이의 다른 쪽 면에 뜻 모를 시가 보인다.

하루아침에 신과 같은 솜씨로 만드셨네
보이지 않던 세상을 보이게 하셨다

암호 같은 내용이었다. 아빠가 아빠 스마트폰을 턱 끄집어냈다. 검색을 하더니 훈민정음해례본을 보여주었다. 이 책이라면 주방의 엄마 서가에서도 보았다. 한문으로 된 것은 당연히 읽지도 못하니 무슨 뜻인지 알 리 없지만 훈민정음으로 풀이했다는 부분도 도무지 이해하지 못하기는 한문과 마찬가지였다. 아빠가 손가락 터치로 이리저리 액정 장면을 옮겼다.

"당신답지 않게 왜 그렇게 급해. 천천히 해. 고래가 어린 애도 아닌데, 뭐."

엄마는 아빠가 뭘 찾는지 이미 알고 있었다. 이럴 때면 엄마가 얼른 아빠 대신 검색한 결과를 내밀 것도 같은데 엄마가 그렇게 하지 않는다.

아빠가 어떤 액정을 고래 앞으로 내밀었다. 여전히 알 수 없는 한문투성인데 액정이 낯이 익다.

"아빠, 생각났어. 이거, 망양정에서 돌아올 때 말해준 거 아냐?"

그때는 도사님이 훈민정음 해례본을 검색해 보여 주면서 간간히 설명해 주었다. 예술 공간에 들어와 있어서인지 한문이 그림처럼 눈에 들어왔다. 엄마가 양 손 엄지를 척 세웠다. 학예사는 고래 가족의 공연을 멀찌감치 뒤로 떨어져서 웃으며 바라보고 있었다. 학예사 옆에는 사람 키보다 큰, 한글 자음과 모음으로 만든 한글 사람이 서 있었다. 고래는 어쩐지 학예사에게 고맙다는 인사를 해야 할 것 같아 슬금슬금 뒤로 물러나 학예사 옆으로 갔다. 저절로 대형 작품과 상당한 거리를 두게 되었다. 줌인, 줌아웃 상황이다.

ㄱ, ㅏ, ㄷ, ㅡ, ㅇ, ㅣ.

작가는 여섯 개의 자음과 모음으로 모든 글자를 만들어 보였다. 여섯 자모가 빠져나온 ㄱ, ㅏ, ㄷ, ㅡ, ㅇ, ㅣ 틀이 모여 거대한 우주나무가 되었다. 엄마는 여섯 자모를 '가드이', '가득이'로 한꺼번에 가리켰다.

아빠의 암송시 위로 ㄱ처럼 쏟아져 내린 ㅎ이 ㄱ과 함께 별이 되고 달이 되었다. 달빛과 별빛이 쏟아지는 나무 아래에선 다양한 많은 생명체들이 옹기종기 모여서 다정하게 수군거렸다.

고래는 자신도 모르게 학예사를 향해 속삭였다. 목소리가 촉촉하게 젖어 있었다.

"선생님, 예술이 이런 거네요."

엄마가 열창을 하는 가수를 보며 눈물을 닦았던 그 마음이 바로 이런 거였다. 사무쳤다.

"고래 학생, 이 작품은 '사랑이'예요. 작가님이 애칭을 붙이셨어요."

학예사가 어쩌다 보니 뒤에 물러나 있었던 게 아니었나 보다. 아빠가 암송한 시가 있는 우주나무 작품에 빠져 자칫 지나칠 뻔했던 작품을 안내하려는 의도가 있지 않았을까. 배려심. 고래가 자신 있게 정답으로 내세웠던 4자성어, 역지사지.

"작가 선생님의 애정과 열정이 전해지는 것 같아요, 선생님."

"들었던 대로 고래 학생은 마음이 깊네요. 엄마, 아빠가 자랑스러워할 만해요."

고래는 정신이 번쩍 들었다. 자랑? 엄마, 아빠가 눈에 들어왔다. 엄마가 고래에게 손짓을 했다. 학예사가 말했다.

"엄마가 가리키시는 저 작품은 슈라고 불려요."

한글이, 훈민정음이 빙글빙글 돌아가며 갖가지로 변형

되는 슈 화면이 보였다. 훈민정음이 이렇게 자유롭게 변형될 수도 있었다. 슈 화면 옆에는 또 다른 거대한 작품이 전시되어 눈길을 사로잡았다. 한글이, 훈민정음이 태양계처럼 팽창하고 있는 ㄱ, ㅏ, ㄷ, ㅡ, ㅇ, ㅣ의 세계였다.

깊은 뜻 속마음 잇고잇고 널리널리

작가의 얘기가 날개를 달고 고래의 가슴 속으로 날아들었다. 고래는 또 거리를 두고 작품을 감상했다. 다른 쪽 면에 전시된 '슈슈슉 슈슈슝, 이치를 따랐을 뿐이다'도 읽어보았다. 이제는 엄마, 아빠나 학예사의 도움 없이도 작가와 대화를 할 수 있을 것 같았다. 훈민정음은 자유롭게 합체하고 변신하는 문자인데, 다만 이치를 따라 창제했을 뿐이라는 뜻으로 혼자 풀이해 보았다. 슈 화면을 보면서 화면 앞에 전시되어 있는 한글 자음과 모음을 합체하고 변신시켜 다양한 모습의 슈를 만들어보고 싶어졌다.

"고래야, 한글·예술놀이터에 가면 다 해 볼 수 있어. 이 선생님, 우리 식구들은 놀이터에 가서 실컷 놀다가 돌아갈게요."

엄마가 학예사에게 작별 인사를 했다.

"기대가 됩니다. 또 뵙고 싶습니다."

학예사의 말을 들으니 또 무엇이 고래를 사로잡을지 몹

시 궁금해졌다. 놀이터라니까 아파트 놀이터가 떠올랐다. 수많은 초딩숲에 선 외로운 중딩 나무가 고래였다. 외로운 중딩 나무였기 때문에 도사님을 만날 수 있었다. 때로는 외로움도 쓸모가 있었다. 초딩숲에 이제는 가족나들이까지 하게 생겼다. 그럼에도 기대에 찬 학예사의 목소리를 휘감는 놀이터에 호기심이 발동했다.

엄마가 날렵하게 앞장섰다. 고래는 아빠와 눈이 마주쳤다. 달렸다. 엄마를 앞지르나 했더니 아빠가 고래를 데리고 간 곳은 야외 전시장이었다. 야외 작품을 먼저 와서 감상하고 있던 고양이가 황급히 달아났다. 한글 자음과 모음으로 만든 생명체에 온몸을 맡기고 작품 감상 중인 고양이를 고래와 아빠가 방해하는 실례를 범했다. 작품은 당당했다. 품위가 있었다.

"예술이네, 아빠."

고래는 학예사에게 했던 말을 되풀이했다.

"가슴 벅찬 세계지."

있잖아를 사용하지 않아도 되는 아빠의 말도 품위가 있었다.

아빠와 나란히 엄마에게 갔다. 엄마는 자성을 띤 ㄱ, ㅏ, ㄷ, ㅡ, ㅇ, ㅣ 조각으로 가족 이름을 만들어 두었다. 이름 둘레의 꽃 울타리는 설명하지 않아도 짐작한다. 엄마를 하루 이틀 본 게 아니잖아. 아빠가 스마트폰으로 엄마 작품

사진을 찍었다.

"한글·예술놀이터잖아. 당신이 한글 쪽을 담당했으니, 당신 작품으로 내가 예술 해도 돼?"

엄마가 허락하자 아빠가 글자가 아닌 그림을 그리기 시작했다. 그림은 엄마가 선수인데 뭔가 바뀐 것 같다. 느닷없이 또 아빠가 그림도 잘 그린다고 하는 건 아닌지 모르겠다. 아빠가 ㄱ, ㅏ, ㄷ, ㅡ, ㅇ, ㅣ 조각으로 완성한 것은 분무하는 고래였다. 엄마가 생글거리며 비슷한 크기의 작은 물고기를 만들었다.

"그래, 당신 말이 맞아. 고래가 수많은 고기 떼를 몰고 다니니까."

아빠가 흐뭇한 표정을 지었다. 고래도 엄마를 따라 작은 고기들을 만들었다. 아빠가 ㅡ에 ㅣ를 ㅡ로 만들어서 이어 붙였다.

"나 그거 알아. 잔잔한 물결을 그리고 싶은 거잖아, 아빠?"

아빠가 대답 대신 고래 턱을 재빠르게 문질렀다. 아빠는 ㄱ의 방향을 틀어 ㅅ처럼 만들어서 물결 옆에, 아래에 붙이기 시작했다.

"잔잔해도 파도는 속삭이고 있어. 파도는 수면 위에서만 있는 게 아니고, 아래에도 수면 위 높이만큼 일고 있거든."

뱃사람 아빠의 말이었다.

짝짝짝.

박수 소리가 들렸다.

"궁금해서 와 봤습니다. 다른 사람들은 주로 자기 이름을 쓰거든요. 고래네 가족은 뭔가 다른 걸 하실 것 같았어요. 역시 그러시네요."

학예사가 스마트폰을 고래 그림에 맞추었다. 고래가 손을 번쩍 들었다.

"선생님, 기념품은 어디서 살 수 있어요?"

당연히 기념품을 판매할 것이다. 리플릿에서는 기념품 가게를 찾지 못했다. 학예사의 대답은 실망스러웠다. 무슨무슨 이유를 말했지만 그런 건 아무래도 좋았다. 작가가 직접 만든 ㄱ, ㅏ, ㄷ, ㅡ, ㅇ, ㅣ 조각을 갖고 싶다는 게 중요하다. 그 조각들로 집에 놀이터를 만들고 싶다.

"아빠!"

그냥 아빠를 불렀을 뿐이다. 아빠와 눈이 마주친 순간, 엄마의 웃음소리가 퍼지는 순간, 집으로 돌아가면 무슨 일이 벌어질지 짐작이 갔다.

한글 홀로그래피

　종이비행기가 책상 위에 놓여 있었다.

　고래는 누가 종이비행기를 갖다놓았나 궁금했다. 종이
비행기 날개 한 구석에 '한글 픽토그래피'라고 적혀 있다.
고래는 꿈인가 어리둥절했다.

　얼마 전에 놀이터에 갔을 때 종이비행기가 발치에 툭 떨
어졌다. 그리고 많은 것이 달라졌다. 가장 달라진 것은 고
래에게 꿈이 생긴 것이다.

　학자가 되리라. 그것도 일곱 행성을 먹여 살리는.

　접힌 종이비행기를 천천히 펼쳤다. 멋진 한글 비행기가
나타났다.

　이 종이비행기는 도사님이 아니라 아빠가 만든 거다. 그

런데 한글 비행기는 도사님 작품이다. 이름은 타이핑 홀로
그래피.

```
글   글     글  글  글
은은   은은    은은    은은    은은
종종종   종종종   종종종   종종종   종종종
은은은은  은은은은   은은은은  은은은은  은은은은
글글글글글  글글글글글  글글글글글  글글글글글  글글글글글
한한한한한한  한한한한한한   한한한한한한  한한한한한한  한한한한한한
글글글글글  글글글글글  글글글글글  글글글글글  글글글글글
은은은은  은은은은   은은은은  은은은은  은은은은
종종종   종종종   종종종   종종종   종종종
은은   은은   은은   은은   은은
글   글   글  글  글
```

홀로그래피니 입체감이 있어야 하는데 시도하고 또 시
도해도 좀처럼 입체감을 체험할 수 없었다. 종이비행기를
들고 씨름을 하고 있을 때 아빠가 나타났다. 아빠의 표정에
서 홀로그래피로 볼 수 있다는 자신감을 읽었다. 모르는 척
했다.

종이비행기를 들었다 놓았다 했다. 팔을 뻗어 멀리 보냈
다가 팔을 굽혀 가까이 잡아당겨도 보았다. 가만히 지켜보
던 아빠가 혼잣말처럼 중얼거렸다.

"아빠가 보이게 할 수 있다니까."

고래가 별다른 반응을 하지 않으니 아빠가 스마트폰을 들여다보았다.

아직 보는 방법을 모르시는 분들은 어깨를 나란히 하고 한글 비행기 글자들 중에 어느 그룹의 '글'자든 그 옆 그룹의 '글'자에 포개지도록 눈을 지그시 감고 보면 멋진 입체 홀로그래피를 볼 수 있을 것입니다. 이런 홀로그래피를 보실 줄 아는 분들은 그렇게 많지 않은데 재주가 좋은 사람들이 잘 본다고 합니다.

아빠가 도사님의 글을 읽었다. 아빠가 설명하지 않아도 도사님의 글이라는 걸 단번에 알아차렸다. 이런 기발한 생각은 쉽게 마주칠 수 없기 때문이다. 재주가 좋은 사람이고 싶은 고래가 스스로 홀로그래피를 보려고 계속 시도했지만, 결국에는 아빠가 옮겨 적는 과정에서 특성을 거의 다잃은 타이핑 홀로그래피를, 한글·예술을 감상한 다음이라 예술작품으로 감상했다. 아쉬웠다.

홀로그래피 보기에 고래가 마침내 성공했다.

아빠가 도사님 포털 카페에서 한글 홀로그래피를 보다 쉽게 체험할 수 있는 그림을 보여주어서였다. ㄹ테두리의 '한'이라는 글자 배경에, 'ㅗ ㅏ ㅜ ㅓ 모음' 그림 4개가 중앙에 모여 있는 한글 홀로그래피였다. 4개의 모음 그림이 5개

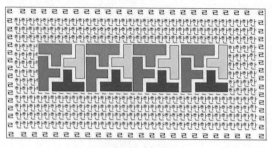

한글 홀로그래피[9]

로 보이면 성공이다. 도움을 받으면 성공하기가 훨씬 쉬워진다.

비행기 모양의 타이핑 홀로그래피에서는 실패했지만 마침내 한글 홀로그래피 보기에 성공하자 한 마디 하지 않을 수가 없었다. 마구 점잔을 떨면서 말했다.

"멋진 입체 홀로그래피가 보이면 소원을 성취하실 겁니다."

아빠가 호탕하게 웃었다.

"그래, 고래 네 소원을 이룰 수 있을 거다, 반드시."

아빠가 고래를 응원했다.

"우리 고래, 목소리도 좋지. 있잖아, 고래야, 소리도 굉장해. 정음 말이야."

"있잖아? ……."

---

[9] 한글 홀로그래피: 「모음 홀로그래피」, 김성규

그렇게 말해놓고 고래가 당황했다. 책을 읽지 않는 척 한다고 갖은 애를 썼던 아빠 모습을 머릿그림으로 그려보니 또 가슴이 촉촉해졌다. 얼른 말을 이었다.

"정음. 훈민정음?"

이번엔 고래가 아니라 아빠가 고래에게 도사님의 글 내용을 줄곧 전달하고 있다. 아빠는 한동안 고래 앞에서 도사님을 모르는 척 하느라고 무척 힘들었을 거다. 엄마도 아빠와 마찬가지였겠지. 그러고 보니 엄마와 아빠가 줄곧 모둠 활동을 했다. 고래 성장 프로젝트. 도사님이 하필 고래에게 종이비행기를 날린 것도 혹시 엄마, 아빠의 부탁? 베란다 방충망이 열려 있었던 것은? 으, 복잡하다. 현재 보람차고 뿌듯하다. 엄마든 아빠든 물어볼 생각, 전혀 없다.

며칠 동안 집일이고 세상일이고 새롭게 알게 된 일이 색인이 필요할 만큼 많다. 아는 것이 힘이다. 세상의 모든 속담이, 모든 격언이, 모든 4자성어가 고래를 위해서 만들어진 것 같다. 세상이 고래를 중심으로 돌아가고 있다는 느낌이 들었다. 그러면 이제 새로운 의문을 가져보는 것도?

고래는 무슨 뜻일까? 왜 고래라는 이름이 붙었을까?

금방 답을 찾을 수 없다는 걸 안다. 도사님의 글에서 읽었던 '고래고래 고함, 고래 등 같은 기와집……' 들이 떠올랐다. 벽을 더듬다가 신세계로 통하는, 생각지도 않은 문을 찾은 느낌이다. 아직은 거기까지다.

아빠가 이상한 소리를 내기 시작했다.

그 소리가 말없이 생각에 잠겨있는 고래를 일깨웠다. 아빠의 목소리를 들으며 다른 생각에 빠져버렸다. 고래의 말에 열중하던 아빠의 모습을 떠올리며, 고래가 나중 누군가의 아빠가 되면 아빠처럼 할 수 있을까 생각했다. 할아버지가 된 아빠가 곁을 지켜주면 가능할 것도 같지만. 노할매가 된 외할머니도 함께이면 좋겠다는 생각은 욕심일까.

고래는 아빠가 애써 소리 내려고 하는 모습을 보며 웃음을 터뜨렸다. 내뱉기 어려운 말을 입술로만 하는 것처럼 입술 모양을 마구 바꾸고 있었기 때문이다.

"아빠, 지금 뭐해?"

"내가 뭐하는 거 같아? 맞춰 봐, 고래야."

이젠 아빠까지 퀴즈 대항이다. 웬만해서는 물러서지 않는다. 해 볼 거다. 아빠가 시작 신호를 하면서 소리 내는 입술모양을 되풀이해서 보았다. 고래가 아빠처럼 입술로 따라해 보았다. 알 것도 같다.

"정음이 중심음, 우주의 중심소리라며. 도사님이 산스크리트어 옴마니반메훔의 '옴'은 우주의 가장 중심 소리이자 모든 모음에 ㅁ 받침소리를 합쳐놓은 종합음성(ㅏ ㅓ ㅗ ㅜ ㅡ ㅣ + ㅁ)이라고 풀이할 수 있다고 하셨잖아. '암엄옴움음임'의 중간소리라는 거지."

도사님은 그 소리를 내는 방법도 제시해 두었다. 아빠가 독창적으로 입술모양을 바꾸며 소리를 낸 게 아니었다. 도사님은 엄마, 아빠, 고래가 합쳐서 정음을 소리 내는 방법도 가르쳐 주었다. 과일을 들고 온 엄마와 힘을 합쳤다. 각자 다른 모음을 동시에 소리 내면서 들리는 정음에 귀를 기울이면서 같이 웃음을 터뜨렸다. 그 웃음은 단순히 재미있어서 짓는 웃음이 아니었다. 개그방송을 보면서 배꼽을 잡지만, 분명 다른 의미의 웃음이다. 신선했다.

지난 저녁의 한글·예술 작가 강의가 떠올랐다. 아빠가 화상으로 진행된 작가의 강의에 이어, 음성 기반의 강의에도 참여했다. 임금 ㄱ, 하늘 삼킬 아(·)가 가장 기억에 남는다. 음성 기반 강의는 옷을 갖춰 입을 필요도 없었다. 아, 맞다. 웃음 가득한 목소리로 밤길 조심해서 돌아가라는 말 때문에 엄마, 아빠와 함께 웃음을 터뜨렸던 순간도 좋았다.

엄마가 한글 만다라 얘기를 끄집어냈다. 모둠활동으로 단련된 지금은 엄마, 아빠가 아무 거리낌 없이 도사님의 한글나라 얘기를 화제로 삼곤 한다. 엄마는 대세에 따라 영상 자료를 준비했다. 훈민정음 창제 이후에 조선시대 선비들이 즐겨 사용한 한글만다라다. ㅗㅏㅜㅓ 모음으로 되어 있다.

도사님의 글은 영상자료가 많다. 그림, 사진, 동영상. 지금도 찾아가서 눈으로 확인할 수 있는 조선시대 고택의 흔적, 한글만다라.

고래도 만다라를 본 적이 있었다. 미술시간이었을 거다.

만다라10)

선생님이 복잡하게 생긴 그림을 나누어 주면서 색칠을 하게 했다. 색칠에 열중하는 동안 마음이 차분해지는 독특한 경험을 했었다. 만다라에는 겉모양은 둥글고 원안에는 같은 모양이 사방으로 배치되어 있었다.

한글만다라를 보는데 절이 생각난다. 국보로도, 자랑할 만한 건축을 말할 때도, 외국인에게 보여주는 관광지로도 절이 많이 손꼽힌다. 한국적인 건축 양식이라고 말하면 얼른 무슨무슨 절 모양이 떠오른다. 절은 불교 건축이다. 세종실록에서 불교를 배척해야 한다는 글을 많이도 보았다. 절에서 흔히 볼 수 있는 그 모양이 한글만다라로 보인다는 게 아닌가. 조금이라도 더 알면 속이 조금 더 시원해져야 하는데, 알면 알수록 궁금한 게 더 많아지는 건 또 무슨 일인가.

도사님이 보고 싶다.

이럴 때는 도사님이 곁을 지켜주어야 한다.

---

10) 만다라:「한글만다라」, 김성규

하필 도사님이 가까이에 없다. 도사님은 탐사여행을 떠났다. 도사님이 같이 가자고 하지 않아 고래는 조르지 않았다. 도사님이 탐사여행을 떠난 뒤에 홀로 떠난 이유를 아빠가 전해 주었다. 아빠가 배를 타지 않을 때니 고래가 아빠 곁에 있는 게 맞다는 거다. 맞긴 맞다. 그래도 아쉬운 건 아쉬운 거다.

디지털 휴먼 세종대왕이 고래에게 마음에 두고 있는 사람이 있느냐고 물었다. 대왕은 평생 백성들을 대왕의 마음에 담아두었다. 그때 고래는 고민할 것 없이 엄마와 아빠였다. 대왕이 다시 고래에게 묻는다면 엄마, 아빠만으로 끝낼 것 같지 않다.

한글·예술 작가의 ㄱ, ㅏ, ㄷ, ㅡ, ㅇ, ㅣ 조각을 아빠가 만들어서, 규모는 좀 작지만 전시관의 한글·예술놀이터를 제대로 흉내 내어 고스란히 집에 옮겨놓았다. 홀로그래피와 슈가 함께 하지만 가슴 한 구석이 텅 빈 느낌은 모두 가셔지지 않았다.

아빠가 고래 마음을 어루만지려고 노력하고 있다. 안다.

엄마는 고래가 흥미를 가질 새로운 도전거리를 찾으려고 고민하고 있다. 당연히 안다.

그럼에도 시큰둥해졌다.

친구들이 문자를 보내와도 솔깃해질 얘기는 없다.

커다란 과제를 떠올려 보았다.

왜 고래지?

훈민정음이 아니었으면 고래라는 이름이 전해졌을까?

날치, 가물치, 가시고기…… 고래가 무슨 뜻일까?

도사님이 그립다. 마음을 달랠 길이 없어 문자를 보냈다.
도사님의 답문자가 이내 날아왔다.

고래처럼 큰 숨을 쉬고, 고래처럼 먼 길을 가라.

- 독 후 감 -